Luna Park

VOCES / LITERATURA

COLECCIÓN VOCES / LITERATURA 374

Nuestro fondo editorial en www.paginasdeespuma.com

Marina Perezagua, *Luna Park*
Primera edición: abril de 2025

ISBN: 978-84-8393-366-4
Depósito legal: M-3146-2025
IBIC: FYB

Editorial Páginas de Espuma
Madera 3, 1.º izquierda
28004 Madrid

Teléfono: 91 522 72 51
Correo electrónico: info@paginasdeespuma.com

Impresión: Cofás

Impreso en España - Printed in Spain

Marina Perezagua

Luna Park

PÁGINAS DE ESPUMA

ÍNDICE

Violeta no tiene porqué   13
Luna Park   29
Apartheid.   43
Diez palabras.   51
Cristales rotos   59
La mujer del puente   69
La *tendresse*   81
María de Mississippi y los fetos de Peng Wang . . .   91
El tercer hijo es el horror   103
Matar niños   113

Le dedico este libro a Enrique Murillo, mi primer editor, y a su esposa, la pintora Fe Blasco. No encuentro palabras para explicar los motivos, aunque llevo semanas pensándolo. Tal vez, como Fe lo expresó en uno de sus cuadros desnudos, «Las palabras mienten». Enrique, te dedico esta rebelión silenciosa de lo no dicho. A ti, siempre rebelde. A vosotros, siempre amantes y amados.

A LA EDAD DE CATORCE AÑOS, cuando me enteré de que en cuestión de pocas semanas perdería mi hogar, comencé a dedicar varias horas al día a escribir obsesivamente mi dirección completa en un cuaderno. Se multiplicaron los trozos de papel por toda la casa, como si la repetición constante de mi dirección pudiera redimirme de la misma manera en que me redimía en la escuela, cuando la profesora me castigaba con la tarea de escribir cien veces el nombre de mi pequeña transgresión.

En aquellos momentos empecé a darme cuenta de que pronto me convertiría en mi única cuidadora, y dentro de esta afirmación se pueden entender muchas de las complicaciones y soledades que sufrí con posterioridad. Pero lo que quisiera compartir ahora es que, cuando hace siete meses, parí a mi hija, esperaba que mi madre sí estuviera conmigo. Sin embargo, en los días posteriores a mi parto, mi madre se me descolgó del corazón. Una vez más.

Por lo general, he considerado que mi conexión con la maternidad difiere significativamente de mi vínculo con la escritura. Escribo sin temor a la recepción por parte de lectores o críticos. No es que no me interesen sus opiniones, las respeto y agradezco, pero no me permito que estos pensamientos interfieran con ese extraordinario acto de libertad que para mí significa escribir. Sin embargo, cuando descubrí que estaba embarazada y comencé a imaginarme como madre, experimenté un profundo cuestionamiento de mis carencias emocionales. Todo en mi percepción como madre me afectaba, ya fuera por parte de otros o por parte de mí misma. Por otro lado, anticipaba que mi madre desempeñaría un papel más maternal, que estaría más presente y que finalmente me reconocería como hija al verme convertida en mamá. Respecto a mi padre, quien llevaba años ausente y mostraba signos de desequilibrio mental o –para quien crea en los fenómenos paranormales–, algún tipo de posesión diabólica, imaginaba el escenario de negarle las visitas a mi bebé. Visualizaba su presencia al otro lado de la puerta, como un indocumentado en la frontera de mi hogar, suplicando la oportunidad de ver a mi niña y expresándole su amor como podía, desde la otra orilla de una línea eléctrica dibujada por mí en el suelo. Estaba convencida de que el deseo de querer a una nieta, pero no a una hija podría representar una de esas contradicciones inherentes a su locura. Sin embargo, me equivoqué en todas mis suposiciones. Ni mi madre se volvió más maternal, ni mi padre respondió al mensaje que le envié para comunicarle que estaba embarazada.

Ahora no soy tan apasionada al rebatir un cliché que antes me parecía absurdo: la analogía entre escribir un libro y parir a un ser humano. La experiencia que he vivido me ha hecho reconsiderar el supuesto vínculo entre la culminación de la escritura de un libro y un parto. Siempre había pensado que el bienestar que siento al escribir hace imposible que pueda comparar este oficio con los temores y el dolor con que se abre paso un recién nacido. Además, mientras que la escritura es un acto de comunicación premeditada, destinado al diálogo y, hoy, a la exposición pública –un acto que, egos aparte, no tendrá ningún efecto, o ningún efecto inmediato en el devenir social– parir es un acto tan ancestral como fortuito, que a veces es producto de una reflexión y voluntad y a veces de una subida de la libido en el momento más (in)adecuado, pero que, en cualquier caso, es un acto profundamente individualista que no requiere ningún tipo de aprobación por parte de nadie. Un escritor escribe pensando, siquiera de manera ingenua, que puede tener un impacto para sí mismo y en su entorno, pero una mujer no decide ser madre, engendrar y parir con vistas a mejorar nada que no ataña a su propio devenir o (engañosa) idea de plenitud, si acaso. El escritor no suele ser altruista, pero desea parecerlo; la mujer que quiere ser madre no vincula su proyecto a ningún tipo de mejora social. Y, sin embargo, ambos actos tienen en común siquiera un detalle: una vulnerabilidad que yo había subestimado. Ahora ni siquiera sé si escribo de una manera tan independiente como creo.

Soy miembro de una familia muy longeva. Cuando nací, me mecieron dos tatarabuelos, y he podido tener conversaciones maduras con dos bisabuelos y con mis cuatro abuelos. Mi vida es más amplia gracias a sus historias, porque desde pequeña tengo testimonios directos y vívidos de lo que es el miedo a perder la vida, la tragedia de matar a un hermano en una guerra civil, el hambre y el caos que se sucede tras un bombardeo. Uno de mis primeros recuerdos es una imagen que solía recordar mi bisabuela: en Toledo, cuando llovía, por las cuestas empedradas bajaban ríos rojos, la lluvia mezclada con la sangre de los vecinos, del panadero, de la maestra, que de un día a otro habían pasado de ser conocidos o amigos, a enemigos enfrentados, hasta acabar mezclados en el caudal de la misma agua, pendiente abajo. Los cuentos que me contaban mis bisabuelas eran sus propios dramas: los maridos eran soldados alcoholizados para mitigar el peso de la conciencia y de las pérdidas, los hijos fueron los que aún hoy yacen sin nombre en las fosas comunes de España. Pero los cuentos populares de mi infancia no se contentaban con esas tragedias, y así, la popularidad de *Pulgarcito* no se debía solo a la realidad de las familias que ante la fuerza del hambre preferían abandonar a sus hijos que verlos morir, sino a un diálogo entre esa miseria, constatada en el pasado y en el presente, y la construcción de unos personajes fabulados que la trascienden. La realidad necesita de la ficción para ser transmitida, incluso para ser real. También mi bisabuela me contó que cada día, cuando terminaba de trabajar en la fábrica se iba a varear olivos para deshacerse del embarazo de un niño que sabía no podría alimentar. Ni si quiera le pagaban por recoger aceitunas, más bien era su forma de poder tener acceso a un aborto. A costa del sobresfuerzo físico, logró detener el embarazo a los seis meses. Siempre me dijo que nació un niño perfecto, y siempre se acordó de él. Pero esa era su realidad, y eso no era cuento, sino su instante, sin alternativas ni puntos de fuga. Además de sus testimonios, lo primordial, lo más importante, era el amor. El amor y atención que me regalaban mis abuelos y bisabuelos era tanto que los recuerdo como si hubiese tenido decenas de ellos, una colmena donde yo era la jalea que segregaban entre todos, pegajosa de cariño, nutrida y nutriente. Mi bisabuela Dolores habría sido capaz de llenar todo el enjambre afectivo por sí sola, si hubiera hecho falta. Me resulta ilógico y desde luego triste criar a una hija sin abuelos. ¿Quién le va a regalar más vida a partir de los testimonios vividos por aquellos gracias a quienes están aquí? Lo único que puedo ofrecerle es el relato de un abuelo que, en el mejor de los casos, está trastornado, y una abuela que, bueno, aún no sé quién es. Necesito tiempo para descubrirlo. A menudo se dice que cuando una mujer se convierte en madre, comprende mejor a la suya. En mi caso, es lo contrario. La entiendo aún menos. Y cada vez menos.

Resido en Nueva York desde hace más de dos décadas. Mi madre llegó desde España unos días antes de la fecha de mi parto para acompañarme en ese momento. Significaba un antes y un después en mi biografía, un hecho al que le pedía que actuara como bisagra de mi historia pasada: que al parir se me abriera un ventanal con el paisaje de una familia al otro lado, la misma familia, pero que me quisiera. Durante el último mes de embarazo, dediqué mi tiempo a cocinar para poder congelar suficiente comida, asegurándome de que así mi madre no tuviera que ocuparse de nada una vez que Violeta naciera. No deseaba que realizara tareas de limpieza ni que me asistiera en las labores domésticas; prescindiría –quería hacerlo– de todas esas cosas que las madres suelen ofrecer de manera instintiva cuando su hija acaba de dar a luz. Mi único deseo era que mi madre empleara todo su tiempo en mimar mucho a mi niña, durante los pocos días que pasaría con nosotras. Cuando, desde su falta de madurez o exceso de ensoñación, me expresaba antes de su llegada el deseo de cuidarme, mi respuesta solía ser: «No hace falta que me cuides, mamá. Simplemente quiero que consientas a mi niña». Sabía que cuidar de mí era imposible para ella, siempre lo fue, y no se lo habría requerido. Y para cambiar de tema, le contaba, por ejemplo, lo que estaba cocinando en ese momento, a cierta distancia de las ollas porque mi barriga se interponía entre mi pretérito vientre, que solía ser plano, y la hornilla. De tanto en tanto, compartía con ella a través de WhatsApp un listado de las comidas que estaba congelando, me esmeré incluso en la letra con que escribí el nombre de las recetas en las pegatinas para congelados.

Todavía conservo parte de esa lista. Copio y pego:

Boloñesa
Albóndigas
Bacalao con tomate
Puchero
Alcachofas con jamón
Red curry
Menestra de verduras
Pollo en salsa
Solomillo a la mostaza
Pisto
Chicken Tikka Masala
Lasaña

A pesar de que la lista estaba pensada de acuerdo con sus gustos, mi madre no llegó a probar nada de lo que cociné. Pero eso sería lo de menos, un desprecio insignificante al lado de lo que para mí ha sido el más triste acontecimiento de mi vida. Cuando mi hija apenas tenía siete días, experimenté un episodio de preeclampsia severa y síndrome de Hellp, dos de las principales causas de mortalidad relacionadas con el parto. Al llegar al hospital, mis riñones y mi hígado ya estaban comenzando a fallar, y mi presión arterial alcanzaba niveles letales: 220/160 mm Hg. De repente, me vi rodeada de médicos y personal sanitario. Una voz de mujer me explicaba que era probable que sufriera convulsiones y me instó a confiar en su equipo. Así, entré en un limbo pesadillesco durante varios días, ya que el sulfato de magnesio, utilizado para prevenir un derrame cerebral, me debilitaba. No tenía fuerzas para cambiar de posición ni para realizar simples gestos, y mis pensamientos se volvían anacrónicos. Si algún médico respondía a alguna pregunta que le había hecho, ya se me había olvidado la pregunta, convirtiendo la respuesta en algo surrealista y amenazador. Además, mi bebé no estaba a mi lado, y se me cortó la leche. Aunque te dicen que lo único que importa es seguir con vida, las hormonas y el instinto imponen la necesidad de tener a tu recién nacida mamando de tu pecho. En ese momento, parece que tu cuerpo es un fallo de la naturaleza, ya que ni siquiera mi hija podría sobrevivir gracias a mí; necesitaría la leche de otra mujer o de una fábrica. Aunque más adelante asumiría que no es así, en aquellos instantes la sensación de que mi cuerpo era un fracaso resultaba, efectivamente, abrumadora.

He mencionado más arriba que considero este episodio como el acontecimiento más triste de mi vida. Sin embargo, si mi madre no hubiera estado presente, esta experiencia traumática habría sido superable, como tantas personas pueden superar tantas adversidades, en este mismo momento. Pero el trauma para mí no fue la enfermedad, sino mi madre. Ella vertió la tristeza en el acontecimiento, como una escultura de bronce vierte agua con un cántaro en una fuente. Ahora, con mi bebé a salvo durmiendo a mi lado y mi salud física prácticamente recuperada, comparto esta experiencia porque me resulta complejo entender cómo mi madre permaneció en el umbral entre mi existencia y mi posible fallecimiento con la misma despreocupación y ligereza hacia mí que siempre la caracterizaron. Estuvo presente, observando la vertiginosidad de los médicos, quienes le detallaron la gravedad de mi situación antes de apartarla de la sala. No pudo ser una escena abstracta para ella. Sí, mi madre estuvo en el umbral entre mi vida y mi muerte, pero al mismo tiempo, su presencia no tenía materia, era como un *ser* sin *estar*, como lo confirmaría lo que estaba por acontecer pocos días después. Mi madre representó esa luz al final del túnel, alejándose como un tren mientras yo luchaba por regresar, arrastrándome hacia la vida como un lagarto sin patas. Ahora comprendo que esto me llevó a revivir la pérdida del hogar que sufrí en mi adolescencia.

No creo que sea una coincidencia que, durante los días posteriores al parto, evocara la conversación que sostuve algunos meses antes con dos amigos nativo americanos acerca de la pérdida de sus tierras:

El primero de abril de 2016, LaDonna Brave Bull Allard, una mujer sioux de la reserva Standing Rock en Dakota, estableció un campamento sagrado para oponerse a una enorme obra de ingeniería de 3.8 mil millones de dólares: un oleoducto de casi dos mil kilómetros que tendría su inicio en Dakota del Norte. A medida que la construcción se acercaba al lago Oahe, las protestas se intensificaron en Standing Rock. Además de representar una catástrofe humana y ambiental para la reserva de agua del río Missouri, la obra implicaba el paso por enterramientos y objetos sagrados. A finales de septiembre, más de trescientos nativos americanos de diversas tribus se establecieron en el campamento, autodenominándose *Los Protectores del Agua*. Por primera vez, diferentes tribus nativas se unieron en un solo lugar para luchar por una causa común, ofreciendo una esperanza necesaria para un colectivo cuya tasa de suicidio en ese momento era 3.5 veces mayor que la de otros grupos étnico-raciales.

La empresa Dakota Access Pipeline (DAPL) contrató a una compañía de seguridad privada, y mientras las excavadoras removían las tierras donde descansaban los ancestros de los nativos, las quejas fueron sofocadas con perros que, incitados contra la población desarmada, aparecían en la televisión con los colmillos babeando espesos hilos de sangre. Además de los ataques con perros, Los Protectores del Agua fueron esposados, apuntados con rifles de asalto, cegados con reflectores halógenos, se utilizaron granadas, armas acústicas y gases lacrimógenos, así como porras de pinchos. Frente a los caballos famélicos de los nativos, se desplegaron camiones militares y Humvees de la Guardia Nacional de Dakota; ante los puños en alto de los sioux, sobrevolaron helicópteros, aviones y otras tecnologías de control social. Este conflicto se asemejaba a una confrontación entre dos civilizaciones pertenecientes a eras distintas, no solo desde la perspectiva tecnológica, sino también en cuanto a su concepción del mundo. Según el historiador sioux Nick Estes, tan solo en el intento de sofocar la protesta pacífica se gastaron diecisiete millones de dólares.

Los acontecimientos en Standing Rock nunca fueron para mí simplemente una noticia curiosa o un hecho que me permitía la expresión de solidaridad con los nativos, sino que se revelaron como algo más profundo. En esa lucha por la tierra natal y ancestral, encontré la representación de la pérdida de mi propia tierra y de mi madre.

Después de haber pasado la mitad de mi vida en un país extranjero (o, con mayor precisión: después de *haber tenido* que pasar la mitad de mi vida en un país extranjero), ciertos rasgos de Sevilla, mi ciudad natal, comenzaron a desvanecerse sin que me diera cuenta. Este descubrimiento fue una tragedia para mí. Aunque la cuna nunca se pierde, si no regresas ocasionalmente, debes aprender a caminar de nuevo, a reconocer el sonido de tus pasos y el tacto del sofá que siempre estuvo en el salón, con la calidez de un juguete de la infancia. Cuando vuelvo a España durante unos días tras una de mis largas ausencias, me encuentro recordando cómo cambiar la bombona de butano o respondiendo a la pregunta sobre mi acento en el barrio donde crecí. Entonces escucho al médico de familia decirle a alguien: «Está perdiendo la respuesta cerebral de su ciudad». Y yo me miro los brazos, busco la conexión con el gotero, y pienso en quitármelo mientras respondo: «Doctor, ¿quién se cree que es? Mi ciudad está aquí, la siento, late». Pero no es tan sencillo.

Mi última visita a Sevilla fue desafiante. Me encontré incapaz de recorrerla con la misma familiaridad de antaño. Me perdí en rincones que antes conocía de memoria. Intenté trazar mentalmente la ruta desde mi antigua casa hasta el conservatorio donde estudié piano durante ocho años, una travesía de apenas diez minutos, y vacilé. Lloré sin parar. ¿Cómo era posible? Había asumido que mi ciudad me aguardaría para siempre. ¿Cuándo ocurrió ese punto de no retorno?, ¿hasta cuándo podría haber regresado para que su mapa se mantuviera incólume en mi memoria? Me sentí como una perra andaluza de ningún lugar, una bastarda no de sangre, sino de la tierra que acoge a todo recién nacido, hasta a los huérfanos. Era una expósita de mi país. No volver a tu tierra es como pasar mucho tiempo sin mirarte en un espejo: tu rostro no se desdibuja, pero al regresar, todo parece nuevo y distante, como de otra persona. Ese es el problema: aquello que no reconoces está dentro de ti, en cada rincón de tus huesos. Eres tú, pero al mismo tiempo, no sientes que lo seas.

Mi casa en Sevilla tenía siete balcones, pequeñitos, pero eran siete balcones. Mis padres la habían comprado como una vivienda de protección oficial, en un barrio, la Alameda, que por aquel entonces era uno de los principales núcleos de prostitución de la ciudad. Iba a una buena escuela, porque por el camino aprendía mucho. Caminaba media hora. Durante todo el trayecto resonaban por las calles estrechas las conversaciones de algunas prostitutas maduras que se sentaban en sillas de madera y mimbre. Observé que, con el paso de los años, el vello púbico se cae, y ellas optaban por pintarlo, con bolígrafo, era evidente y tierno a la vez. Si pudiera retroceder en el tiempo, volvería a sus hogares para expresarles que hoy en día la depilación integral está de moda. O quizás no; preferiría regresar y agradecerles por sonreírme como si no llevaran consigo la carga de tanto malnacido. Pero estaba contando que mi casa tenía siete balcones, todos con claveles rojos y geranios, y en la esquina había un cine de verano –el Cine Ideal– cuyos diálogos cinematográficos resonaban en las noches siempre calurosas de mi calle, y cuya pantalla podía ver si subía a la azotea. Allí comencé a ver cine. No tendría ni trece años cuando una vez, de vuelta a casa al salir de la escuela, un hombre paró el coche y me preguntó cuánto le cobraría. Luego vinieron muchos más, pero me acostumbré, porque mi casa tenía siete balcones, y un cine de verano en la esquina, y, además, justo enfrente de mi habitación había una torre con las leyendas propias de una torre muy antigua: la Torre de Don Fadrique, una construcción del siglo XIII, abandonada, húmeda. Por las noches me quedaba mirándola hasta que caía dormida, con la funda de la almohada llena de cubitos de hielo que tenía que renovar varias veces, pues por aquel entonces el aire acondicionado estaba lejos del presupuesto de mi familia. Por la mañana me sobraban las vistas de las otras azoteas salpicadas por ropas tendidas como borreguitos en su mayoría blancos; pero cuando oscurecía, la torre lograba imponerse. Para mí no era medieval sino orgánica. Algunos días mi madre subía a buscarme a la azotea y después de caminar unos cinco minutos me metía allí, una construcción descuidada, solitaria. Yo indagaba cada rincón como si tratara de descubrir las heridas de un perro abandonado. Nadie cuidaba la torre por aquel entonces. Nada más entrar, de una de las paredes, colgaban unas gruesas cadenas. Nadie me negaba –porque nadie había– que el infante don Fadrique fuera torturado allí por amar a una mujer cuya alcurnia no le correspondía. Subía las escaleras de la torre con mi madre, nuestra presencia molestaba por igual a gatos y a ratas, y yo jadeaba de la emoción, porque sabía que al final me esperaba otra azotea, una azotea almenada desde donde vería la de mi casa. El vientre de la torre reproducía con un eco mis jadeos, y es como si las madres, las hijas, los gatos, las ratas, las torres y los infantes de un pasado profundo respiraran acompasados. No había nadie que nos negara el ascenso mientras yo me asomaba por las saeteras y apuntaba con mis ojos a aquel pájaro de vuelo antiguo a quien sin duda envidió don Fadrique durante su encierro. No habría nadie allí para decirle que una niña le estaba admirando desde un siglo venidero. Y después de las escaleras, la mejor parte: una especie de tronco delgado y altísimo con travesaños como ramas cortadas que nos permitían ascender, de nuevo, hacia el sol. Yo subía primero y mi madre me sujetaba los pies. Todo el mástil se movía, pero no sentía miedo: los barcos se mueven, los juncos se mueven, la espina dorsal se mueve, y allí no había ningún guardia para imponer precauciones absurdas. El guardia llegó años más tarde, lo vi en aquella primera visita a mi ciudad del año 2016, después de tanto tiempo. Habían instaurado un plan de conservación para la torre, el extermino de gatos y ratas, los horarios, las visitas guiadas, la información del guía que yo no quise oír, porque para mí la torre fue mi torre mientras no hubo nadie que hablara por ella, con esas explicaciones que asumen que las piedras no saben explicarse por sí mismas.

Hace poco, le pregunté a una amiga que había sido madre al mismo tiempo que yo, si el embarazo le había restituido recuerdos olvidados de su madre, fallecida cuando ella era muy pequeña. Me respondió que más que recordarla o incluso sentirla, la había buscado, la había buscado mucho. Recordé que mi bisabuela Dolores murió llamando a su madre, estaba rodeada de toda la familia, sin embargo, con sus casi cien años, seguía necesitando a su madre, para morir. Tras el parto, y tras la proximidad de la muerte, yo también necesité a mi madre. Pensé que en esa ocasión me acompañaría, e hice de mi deseo una intuición esperanzadora, y equivocada. Mi madre, incapaz de hacer frente a los cuidados ajenos, se apartó de nosotras, como esas gatas que rechazan a los cachorros enfermos. Estoy viva gracias a la ciencia de nuestro siglo, a esos cables y tubos que me agarraron a la vida. Con su huida, mi madre se convirtió en una arteria que se me desgarró del corazón, y las últimas gotas de su sangre se escapan de mi cuerpo por el extremo de esa arteria, como la boca de una manguera que va perdiendo fuerza. Ahora se ha convertido en una serpiente con la lengua seca, una serpiente que ya no pica. Recién salida del hospital y por fin reunida con Violeta, con una medicación estricta y aún dentro de la zona de riesgo, mi madre me dijo que tenía un fuerte dolor de estómago. En aquel momento no pensé demasiado, pero en los días posteriores fue aumentando las dosis de la estrategia para marcharse cuanto antes y no tener que pasar por la incomodidad de no querer –tal vez no saber– ayudarme mientras yo trataba de balancearme, sin caer, entre los cuidados para mí misma y para mi recién nacida. Pronto pasó a asegurar que su estómago no podía tolerar los alimentos, y que sufría de intensas diarreas. Mi madre, una de las mujeres más fuertes y sanas que conozco, se compró pañales, comenzó a comer solo arroz blanco hervido y yogur natural. Yo trataba de recuperar mi leche con tomas muy seguidas, y si Violeta no tenía hambre utilizaba esa boca artificial y fría que es el sacaleches, esto me suponía aún más agotamiento. La mayoría de los días estaba tan cansada que se me olvidaba sacar comida del congelador. Aún hoy conservo varios platos congelados, comida glacial que por algún motivo me apena tirar, como si no quisiera repetir el modo en que mi madre despreció ese sustento que yo había preparado como calostro para ambas; como si yo respetara la existencia de unos garbanzos congelados más de lo que mi madre respetó mis sentimientos.

Mi madre empezó a pasar cada día más horas encerrada dentro de la habitación, a perderse el baño diario de Violeta (que para mí era un momento especial). En algún momento me dijo que temía ponerse más enferma y ser una carga añadida para mí. Cuando, aun conociendo desde el principio su mentira, le pedí por favor que no se marchara, y le dije que para mí no sería una carga, usó su última arma: dijo que tal vez tenía una bacteria y no quería enfermar a la niña. Cambió el billete de avión y se fue.

La mañana siguiente fue la primera de todas las mañanas hasta el día de hoy que desperté a Violeta con esta pregunta: *¿Dónde está mi flor?* Era una pregunta tal vez cursi y retórica, que obviamente no esperaba respuesta, que solo repetía para recordarme a mí misma que ya no sentía la carencia de una respuesta, una tierra, una madre. En la cosmovisión de los nativos norteamericanos, la idea del apocalipsis no se proyecta hacia el futuro; más bien, ha sido su realidad desde el siglo en que comenzó su exterminio masivo. En una conversación con Chase Iron Eyes, miembro de la tribu Sioux Oglala, me impactó un vínculo específico con su familia, una conexión que reflejaba la idea de que conservar su pueblo depende de no perder la esencia de ser un padre, una madre, unos abuelos, unos tíos o primos. Se trata de una familia entre muchas que, en sus propias palabras, se encuentra en un momento crucial en la historia de este país llamado Estados Unidos: deben demostrar su papel no solo como nativos, sino también como guardianes de un planeta sumido en el caos y la destrucción masiva. Tal vez hace algunos años, la noción de un apocalipsis localizado, ignorado por gran parte del mundo, me habría impactado más, pero hoy todos podemos intuir cómo se presenta el apocalipsis a escala global. Es como si al poner el oído en la tierra pudiéramos percibir las vibraciones de un tren que se aproxima. El mundo se ha vuelto enormemente desafiante, las perspectivas no son alentadoras y, a medida que empeora progresivamente, vivir sin tribu entristece la supervivencia. Después de haber pasado los años más importantes de mi vida en Estados Unidos, solía cuestionarme las consecuencias de vivir lejos de la tribu y cómo el exilio afecta el alma de las personas. Me preguntaba cómo se puede resistir al desastre estando lejos de casa.

Ya no me pregunto nada de esto. En el olor de Violeta encuentro el olor de los guisos de mi bisabuela, los claveles de la casa de los siete balcones, el candor auténtico de las prostitutas de mi infancia, el cine desde la azotea, la torre que me hablaba. Violeta me ha devuelto la casa que me quitaron, cuya dirección escribí cientos de veces en papelitos que me persiguieron durante años, desde la esquina de algún cajón, entre las páginas de un diario. Y, sin embargo, de Violeta no espero nada. Cada generación repite que sus vástagos constituyen la esperanza del mañana. Cuando esos niños se hacen adultos en el nuevo fracaso de un mundo que no quieren mejorar, encuentran la alternativa repitiendo, una vez más, que el futuro será de sus hijos. Yo no lo creo, pero siento algo rabiosamente bello en ubicar a mi niña en el mundo, sin imponerle redenciones sociales, ni poesía, ni destino, ni las esperanzas frustradas de una humanidad que me parece incurable. Mi Violeta, como la rosa de Silesius, no tiene porqué. Simplemente florece porque florece.

Bebé niña nació el 1 de diciembre en Nueva York. Un bebé de invierno. Dicen que los niños nacidos en esta estación son más fuertes, que sus huesos y músculos están mejor desarrollados porque su gestación coincide con los meses de verano, lo que permite una mayor acumulación de vitamina D en el cuerpo de la madre. No he indagado en las bases científicas de esto, tal vez es un mito, pero se repite tanto que me gusta pensar que es verdad, que mi hija será más resistente. Ahora mismo tiene dos meses y la llevo siempre en el portabebés bien calentita, porque estamos bajo cero.

Vivimos en Brooklyn, y Coney Island me queda relativamente cerca, así que algunos días vamos a pasear por la playa, que en verano me resulta insoportable, con tanta gente que planta en la arena sus mega altavoces; música que, según donde estés, se mezcla una con otra, bachata con punk, salsa con hip hop. Dan ganas de saltar al agua y

sumergir la cabeza en busca de unos segundos de tranquilidad, pero entonces te encuentras entre un sinfín de culos,
casi todos gordos, que se remojan no muy lejos de la orilla.
El invierno es distinto. El paseo marítimo es muy solita-
rio y el paisaje cambia por completo, sobre todo porque
se puede ver. No hay prácticamente nadie, apenas alguna
persona paseando con su perro. Hace frío. La gente va a
los parques aunque haga frío, pero no a la playa. Parece
que solo van a la playa cuando pueden fastidiar a todo
bicho viviente.

Tampoco es que yo esté de muy buen humor. Tengo
un segundo hijo, gemelo de mi niña, que ahora está en el
hospital recuperándose de una infección pulmonar. Bebé
niño nació con menos peso que Bebé niña, y debe perma-
necer hospitalizado. Las horas de visitas en la unidad de
cuidados intensivos prenatales son mínimas, y lo único
que me relaja es venir a esta playa o a la lavandería. Los
doctores siempre me echan de la habitación con las mismas
palabras amables: *salir me hará bien*, lo que se escucha
tantas veces y tal vez sea cierto si una se lanza a confiar en
los doctores, que sí, que sí, que debo cuidarme para poder
cuidar a mis gemelos.

Aparte de la playa o la lavandería, no sé a dónde ir. La
ciudad ya no parece la misma que era el día en que ingre-
saron a Bebé niño. No hay motivos para alarmarme, me
dicen, pero en mi cabeza sí los hay, mi cuerpo es tan fuerte
(fui otra bebé de invierno) como frágil y neurótica es mi
mente, no sé, tal vez como una bebé de verano que durante
su gestación adquirió todas las alergias primaverales de su
madre; si por cualquier motivo paso por una época algo
más difícil, o cuando algún acontecimiento desafortunado
irrumpe en mi vida, mis obsesiones se acentúan y son como

una secuencia de estornudos catastrofistas. Hoy en particular, he escogido la lavandería porque he pensado que sería bueno para mí hacer algo mecánico, esos pequeños actos que dicen que te ayudan a sobrellevar una catástrofe mediante la concentración en gestos cotidianos, meditativos: la madre que hace cientos de grullas de origami mientras los servicios de rescate buscan a su hijo entre las ruinas de la central nuclear. Y aquí estoy, sentada frente a una hilera de lavadoras industriales de tres tamaños distintos y, tras de mí, otra hilera de secadoras. Las cuento. Cuarenta lavadoras. Treinta secadoras. Todas a lo largo de un espacio muy estrecho y largo, como un pasadizo de ojos alucinados.

No sé cuánto tiempo he estado mirando las ropas girar, de manera tan rápida que todas las lavadoras parecen contener prendas del mismo color. Vuelvo en mí y paso a otro grado de meditación menos estático. Cojo la ropa sucia que he ido acumulando durante la última semana en el hospital, en un pequeño armario para pacientes o familiares. Lo hago todo con Bebé niña recogidita en mi pecho, en su portabebés. Asomo la cabeza para asegurarme de que hace ruiditos de vida. Creo que como Bebé niño está en el hospital soy incapaz de desprendérmela del cuerpo. Elijo una lavadora mediana. Abro la puerta y me doy cuenta de que no tengo dinero suelto, solo un billete de diez dólares. Me acerco a la máquina que ofrece el cambio en monedas de veinticinco céntimos e inserto el billete. La máquina me lo devuelve. Me he equivocado, la cara de Alexander Hamilton en el billete tiene que quedar hacia arriba. Con lo feo que era, más valía ponerlo bocabajo, pero a la mierda, lo vuelvo a intentar. La máquina me escupe el billete otra vez. Será porque está un poco arrugado. Aliso las esquinas. Lo inserto de nuevo y ahora sí, llueven las monedas, que suenan como piedras de granizo golpeando la chapa de un coche barato.

Cojo las monedas, no como siempre, que me lleno los bolsillos con dos puñados. Esta vez las recojo una a una, despacio. Cuando me giro, advierto que la dueña, una señora de El Salvador que nunca habla mucho, pero es amable y siempre está muy pendiente del negocio, se ha dado cuenta. Se ha dado cuenta de que me falta un bebé. Me mira con más compasión que curiosidad, pero no pregunta nada. Esto es Nueva York. *Mind your own business.*

Regreso a la zona de las lavadoras. Elijo la número diez. Meto poco a poco la ropa que he ido apilando en la taquilla del hospital. Antes solía sentir cierto pudor a la hora de que otros clientes en la lavandería pudieran ver ciertas prendas. Me aseguraba de mirar a un lado y a otro, porque además siempre hay alguna que se cae durante el trayecto de la bolsa a la lavadora. Ahora ni siquiera miro si hay alguien cerca cuando saco de la bolsa mis bragas de posparto manchadas de sangre. Una, dos, tres, todas dentro. Aún sangro, las necesito. Luego un par de sujetadores que ahora me quedan algo grandes; un pijama azul con tigres amarillos y pequeñas flores, muy naíf y de un algodón muy placentero al tacto. Me lo compré pensando que merecía la pena recibir a mis hijos con algo nuevo durante los primeros días juntos en casa; y poco más, alguna ropa de calle, alguna camiseta. Pero en el fondo de la bolsa quedan otras prendas, son las de Bebé niño, y durante unos segundos me quedo inmóvil, pensando si lavarlas o no. Algunos paños que las enfermeras le han ido cambiando y que yo he guardado para olerlos y acariciarlos. Algunos calcetines y gorritos diminutos. Decido meter todas sus prendas en la lavadora, junto a mi ropa, es como una superstición, es como poder decir: las voy a lavar porque Bebé niño va a salir pronto del hospital y no necesitaré ninguna reliquia que me recuerde su olor.

Cuando termino de meter toda la ropa en la lavadora, cierro la puerta redonda como un ojo de buey que mira hacia el tornado y comienzo a echar las monedas. Estos gestos mecánicos vuelven a tranquilizarme un poco. Por eso lo hago con toda parsimonia, sin importarme que detrás de mí haya una señora cuya impaciencia y desconocimiento de la situación la lleva a murmurar una especie de insulto que no descifro del todo. Miro hacia un lado y, por descuido, me veo en un espejo. Dios mío. No esperaba esa profundidad en el malva de mis ojeras, este aspecto de mamífera callejera, demasiado delgada para estar recién parida, demasiado pálida para servir de alimento. No, no parece que pueda estar en condiciones para que mi leche pueda nutrir a otro ser humano. No duermo tres horas seguidas desde hace días. Y no porque no pueda. Ya he dicho que exagero en mi preocupación por mi bebé, al menos eso dicen los médicos, y, por otra parte, Bebé niña es muy tranquila. Durante el día, sus siestas son larguísimas, de modo que, si quisiera recuperar algo de sueño, podría hacerlo en esos momentos. Pero así soy, pura ansiedad, y empiezo a meterme frutos secos en la boca tal como meto monedas en esta máquina, de manera automática.

Hoy toca playa. Bebé niño sigue bien, solo es cuestión de que no tenga recaídas, nada más. Es por precaución, me aseguran. Bueno, les voy a creer. Por lo general, como hace frío y Bebé niña es muy pequeña, no estoy por Coney Island más de una hora. Lo primero que hago siempre es dejar una toalla sujeta con piedras en la arena y, sobre ella, la bolsita donde llevo todo lo necesario para pasar esa hora;

agua, pañales y toallitas húmedas, algún *snack*, ropa extra
para mí y para Bebé niña… luego me voy a dar el paseo.
Pero las tres últimas veces que he venido, ha pasado algo
que me sorprende. Como he dicho, la playa durante esta
época del año está prácticamente vacía. Suelo fijarme en
las pisadas de las diferentes aves, el rastro de algún esca-
rabajo… sin embargo, estas tres últimas veces, al regresar
de dar nuestro paseo, ya desde lejos distinguía que había
otra persona, otra toalla, y justo al lado de la mía, tan cerca
como si fuera de alguna amiga que hubiera venido conmigo. Aquellas dos toallas, juntas, eran las únicas que había
en aquella playa vastísima. Las dos primeras veces no dije
nada. Solo saludé, recogí las cosas y me fui, como hacía
siempre. La mujer, más o menos de mi edad, unos cuarenta
años, yacía en la toalla como dormida, vestida de calle,
bien abrigada, pero en la misma postura que si estuviera
tomando el sol en verano. La última vez, muy intrigada,
decidí darle un pequeño toque en el brazo y preguntarle si
se encontraba bien. En realidad, yo sabía que se encontraba
bien, me había fijado en su abdomen y respiraba, tenía buen
color, pero sentía tanta curiosidad que quería hablar con
ella. Abrió los ojos, de un verde que rodeaba un círculo color ámbar, me miró como adormilada, se reclinó en la toalla
y me respondió con un tono risueño que sí, que estaba muy
bien, y que le gustaba la playa en invierno. Al parecer, no
consideró extraño ni creyó necesario explicarme por qué
en una playa de dimensiones tan grandes y solitarias, ella
había decidido poner su toalla rozando la mía. Me quedé
aún más sorprendida y, sin saber que decir, me despedí
amablemente mientras que, para moderar mi visible incomodidad, hacía como si le hablara a Bebé niña, que estaba

dormida, y encima con una voz medio boba que solo pongo cuando utilizo a mi hija de excusa para evitar a alguien.

Hoy he llegado a la playa un poco más tarde y he visto que la misma mujer había llegado antes que nosotras, y ya estaba bocarriba en su toalla. Puse la mía distante, no sé, al menos cien metros, y reinicié mi rutina: el paseo, hablarle a Bebé niña en un tono de persona normal, recoger alguna concha peculiar, pedir deseos para la absoluta recuperación de Bebé niño, acercarme a la orilla para oír mejor el rugir de las olas que, a veces, es muy potente en esta parte del Atlántico. Tardaría en regresar también lo de siempre, como una hora, y cuando empecé a divisar mi toalla a lo lejos, me llevé la sorpresa: al lado estaba aquella mujer, se había cambiado de sitio para ponerse junto a mí, en la misma postura, otra vez, con la misma naturalidad que si me conociera y me estuviera esperando. Aquella vez me pareció demasiado y me dio hasta miedo. Incluso me entró la paranoia de que hubiera podido echar algo en mi bebida. Como soy propensa a los bucles obsesivos, la paranoia terminó por hacerse una bola de nieve, o de arena: ¡sí, podría haber echado algo en mi bebida para sedarme en un instante y llevarse a Bebé niña! La desperté de manera algo brusca y le pregunté *what's going on here*, ya se sabe, algo así como preguntar, con los brazos en jarra, *de qué narices va esto*.

A los diez minutos estábamos paseando frente a Luna Park, el mítico parque de atracciones que, aunque distinto al original, sigue manteniendo esa aura paradójica de un mundo que continúa funcionando, aunque ya no exista. Mientras caminábamos, veíamos las atracciones estáticas, cerradas debido al invierno, como animales hibernando, delgados, muy delgados. Al otro lado de la verja neoclásica de hierro forjado, cerrada y coronada por la cara siniestra y sonriente que es el símbolo de Coney Island –Steeplechase Face, cuya arqueada sonrisa revela veintiocho dientes–, estaba lo que parecía el esqueleto del Cyclone, la emblemática montaña rusa, la segunda más empinada de todo el mundo construida en madera, que, salvo por los meses de frío, ha trabajado sin descanso durante más de noventa años.

La mujer de la toalla, con la que ahora caminaba, se llamaba Melissa. Su bisabuela fue una de las atracciones de Luna Park en el año 1921. Y ella, Melissa, no estaría en este mundo si aquella bisabuela no hubiera formado parte de un *show* muy particular: bajo el letrero anunciando en grandes letras «Incubadoras. A todo el mundo le gusta un bebé», su bisabuela fue una de las niñas prematuras que cualquier persona que pagara veinticinco centavos podía entrar a ver. Me quedé horrorizada, pero tenía que conocer el contexto y la historia completa, que Melissa empezó a contarme una vez que me dejó pendiente de la intriga de cómo alguien podía justificar la exhibición de un bebé a medio hacer.

Finales del siglo XIX y principios del XX. Paul Denucé, un médico belga, tuvo la idea de lo que sería la primera incubadora a partir de la observación de la naturaleza o, mejor dicho, a partir de la observación de una naturaleza controlada. Fue un día en que, mientras visitaba una granja, observó cómo las gallinas incubaban sus huevos en un ambiente estudiado y seguro. Desde tiempos inmemoriales ya se sabía que los bebés prematuros necesitaban un elemento fundamental: calor. Pero no se había ideado un dispositivo para ello. Las madres envolvían a los bebés en mantas e intentaban calentarlos con su aliento, pero la mayoría de los que habían nacido muy prematuros no llegaba a sobrevivir más que pocas horas o días. Incluso hay registros de madres que, llevadas por la desesperación, metían a sus bebés prematuros en el horno, a baja temperatura.

La historia de Felicia Billings es un relato impactante que ocurrió en el año 1952 en Milwaukee. Hay tantas versiones, que ya pertenece a la memoria colectiva. Lo que está claro es que esta historia es otro de los indicativos de que, efectivamente, en su desesperación, las madres metían a sus bebés prematuros en los hornos, con un instinto acertado de que necesitaban calor. Felicia fue una de esas bebés, nació con apenas 900 gramos de peso, extremadamente frágil y vulnerable. Lo primero que hicieron sus padres fue correr a bautizarla, pensando que moriría en cuestión de minutos. Pero sobrevivió al bautismo. Entonces, al llegar a casa, la madre, sin saber qué hacer, la metió en el horno, a temperatura templada. La sacaba solo para alimentarla o acunarla. Felicia vivió una vida adulta sin sufrir ningún tipo de secuela.

Melissa, Bebé niña y yo, nos sentamos en un banco del paseo a comer un *hotdog* que hemos comprado en el único puestecillo que encontramos abierto. Melissa es bastante delgada, no puedo evitar el pensamiento de que tal vez, tal vez, es algo heredado de su bisabuela prematura. Pero come con deleite, y se las ingenia para hablar sin que el kétchup barato le chorree barbilla abajo, como me pasa a mí siempre. Muestra una elegancia natural y una gran destreza incluso para comer la incómoda comida basura. Solo una minúscula gotita roja salpica su nariz. Yo la limpio con el dedo y me lo chupo. Ella sigue hablando con naturalidad.

La primera incubadora que diseñó Paul Denucé consistía en una caja de latón de doble pared, por donde circulaba el agua caliente. Pocos años más tarde, el ginecólogo Stéphane Tarnier contrata a una criadora de pollos para que le ayude en el diseño de otro modelo más avanzado de incubadora. Esta consistía en una cuna térmica con un sistema de control de temperatura y humedad para mantener a los bebés prematuros en un ambiente cálido y seguro, algo más similar al del útero materno. La incubadora en sí estaba construida fundamentalmente con madera y cristal. Las paredes de madera tenían un espesor de diez centímetros. Había un compartimento inferior, donde se colocaba el agua caliente, y uno superior, donde reposaba el bebé. Además, en la parte superior de la incubadora había una cubierta de vidrio que permitía a los médicos y al personal de enfermería observar al bebé sin perturbar su ambiente. La cuna térmica dentro de la incubadora era un compartimento acolchado y aislado, que se calentaba mediante una bombilla eléctrica colocada en la parte inferior de la incubadora. Un termómetro en su interior permitía controlar la temperatura. También se podía ajustar el flujo de aire dentro de la incubadora para proporcionar una ventilación adecuada, y en una de las paredes laterales había una puerta que permitía sacar al bebé en caso necesario. Gracias a esta innovación, la tasa de supervivencia de los bebés prematuros del hospital para mujeres pobres en la Maternidad de Port-Royal, donde trabajaba Tarnier, aumentó de manera significativa, y la incubadora se convirtió en un dispositivo médico esencial en la atención neonatal en todo el mundo.

Melissa me coge de la mano, mientras sigue contándome, y por el hueco de una de las partes de la verja, nos colamos en el recinto de atracciones de Luna Park. Como si conociera de sobra el lugar, me lleva hasta una especie de montaña rusa para niños, cuyas enormes y apagadas letras de neón dicen: «Circus Coaster». Los vagones son para cuatro personas, cada uno de ellos decorado a mano con la cara de un payaso. Entramos en uno. Nos sentamos, yo con Bebé niña en el portabebés y Melissa enfrente. Siento el frío de la superficie del asiento. Saco una manta de la mochila, que da para cubrir las piernas de Melissa y las mías. Vuelvo a fijarme en el color de sus ojos, dos círculos concéntricos, verde el más grande y ámbar el interior, más pequeño.

Martin A. Couney, nacido en Polonia, fue el obstetra que creó el famoso *Infantorium* en diversos parques de atracciones de Estados Unidos, o, para lo que importa en la historia de Melissa, el *Baby Incubator* de Coney Island. Los diminutos bebés reposaban en incubadoras individuales a la vista de todo aquel que pagara la entrada. Lazos azules o rosas permitían a los visitantes saber el sexo de cada uno. De vez en cuando, las enfermeras los sacaban brevemente y los acercaban para que el público pudiera observar mejor esas vidas que hasta entonces no podían ser vistas más que por aquellas familias que tuvieran la mala suerte de ver nacer a un hijo o a una nieta prematura. Una de las enfermeras que más tiempo trabajó con Couney, Madame Recht, a veces sorprendía a la audiencia deslizando un anillo en el brazo de un bebé, para que los asistentes pudieran considerar de un modo comparativo y más visual las dimensiones diminutas de sus extremidades. Algunos bebés pesaban menos de un kilo, eran tan pequeños y débiles, se movían tan poco, que no era inusual que cada día, algún espectador, acusara a los encargados de las incubadoras de engañarlos y exhibir a niños muertos. Madame Recht alimentaba a los que aún no eran capaces de succionar, con un método novedoso: con una esponja o una cuchara les introducía la leche materna a través de la nariz. Dos datos justificaron el *show* sin demasiadas explicaciones. El primero, que en aquella época los hospitales no atendían a bebés prematuros, los desahuciaban por considerarlos demasiado débiles, con lo cual aquel *show* era la única esperanza de cualquier madre. El segundo, que el precio de entrada que Couney cobraba a los visitantes para ver a los bebés era a la vez un medio para costear sus cuidados y pagar un buen sueldo a las enfermeras y a las nodrizas que ofrecían su leche materna. Esto suponía unos gastos que ningún hospital estaba dispuesto a asumir por una criatura tan frágil cuya rentabilidad no estaba garantizada. Couney nunca pidió ni un centavo a las familias de los niños que salvó gracias al anuncio de su *show*: «¡No olviden pasar a ver a los bebés!».

No faltaron las críticas. En una prestigiosa revista médica se hablaba de abuso de niños que eran exhibidos en un ambiente con olor a «orina de leopardo y dinero». Pero se estima que Couney salvó la vida de más de 6 500 bebés prematuros. En cierto sentido, Melissa había sido una de ellas. Me levanté y me senté a su lado. La besé, apoyé mi cabeza sobre su hombro y nos quedamos dormidas en el vagón amarillo, entre los esqueletos colosales del parque de atracciones en invierno. Entonces mi hija nos despertó. Me di cuenta de que tenía que recoger la ropa de la lavandería antes de que cerraran.

Hoy la lavadora que elijo suele ser la de tamaño más grande: dentro se mezclan las ropas de Bebé niño y Bebé niña, las de Melissa y las mías. Temperatura: 40 grados. El calor es importante. Este es nuestro tercer invierno en Coney Island. Hemos adoptado un perro enorme que corre libre por la playa, y somos lo que queremos: una familia normal. Más o menos.

APARTHEID

ESCRIBO ESTAS LÍNEAS en un momento en el que Rusia continúa invadiendo Ucrania. Un respetado neurocirujano con tres décadas de experiencia extirpando tumores en aquel país, me ha extendido una invitación para acompañarlo y documentar la desesperación en que se encuentra la población civil, las ruinas de los hospitales bombardeados, de los colegios. A pesar de que la situación en el frente es particularmente pesadillesca, no he dudado en aceptar. Creo que las acciones humanitarias justifican los riesgos inherentes y, aunque sea madre, estoy dispuesta a unirme para contribuir con cualquier tipo de ayuda. Sin embargo, en este caso, mi motivación principal es alejarme de un hombre que ha perdido la razón.

Ahora, recién despierta, mi prima, con quien comparto cama estos días, me pregunta:

–¿Qué hay en esa jarra de la mesilla de noche?

–Pipí.

–¿De verdad has meado ahí? No me lo creo.

–Pruébalo si no te lo crees.

Pero yo sé que ella sí se lo cree, y ella sabe que lo sé. Nos miramos como dando a entender que sí, que somos idiotas, que tenemos que asumirlo, y veo en sus gestos lo que tal vez sea un reflejo de los míos: una mezcla entre vergüenza y ganas de echarnos a reír por lo ridículo de la situación a la que nos hemos dejado arrastrar.

Desde que mi prima llegó de visita, el hombre con quien vivo –así le llamaré desde ahora, o simplemente, *el hombre*– nos prohíbe salir de la última habitación de la casa después de las seis de la tarde, con el pretexto de que mi hija de dos años, que ha cogido un pequeño resfriado, no tenga distracciones antes de su hora de dormir, que él ha establecido de manera rigurosa a las siete de la tarde. ¡Mi hija!, desde que se resfrió la ha apartado de mí, y a mí y a mi prima nos ha apartado de toda la casa, por si la contagiamos con otro virus, dice. Mi hija, concebida mediante fertilización *in vitro* con uno de los últimos espermatozoides que le quedaban en esos dos planetas casi inhabitados de sus testículos.

Más allá del resfriado, que no es el primero ni el más fuerte que coge, debe de haber un motivo que se nos escapa para tanto disparate, porque nos ha impuesto, de un día para otro, una suerte de *apartheid* a mi prima y a mí. Incluso ahora, al escribirlo, no logro comprender cómo he permitido que esto pase. Aparte de escribir, a veces me pregunto dónde está quien yo solía ser, por qué no abro su armario, meto toda su ropa en una sábana, le hago un nudo y la arrojo por la ventana; o mejor, por qué no la tiro toda así como caiga, sin orden ni concierto, para darme el gusto de ver cómo recoge unos calcetines por aquí, unos calzoncillos por allá. Y luego debería cambiar la cerradura. Quizá así, con independencia de lo que sucediera después, podría disfrutar al menos de un día de libertad de movimientos y de evacuaciones a voluntad en el baño. Un día para recuperarme antes de que el hombre regresara con la policía, porque, después de todo, esta también es su casa.

Mi prima va al baño en silencio; hasta ahora, el hombre no se ha percatado, pero prefiero no correr riesgos. Ella siempre ha sido más valiente que yo. Así que no, lo de Ucrania no es valentía por mi parte, aunque no se lo voy a negar a quien quiera pensarlo, mejor, pero como he dicho al principio, la realidad es más bien otra muy distinta: huir del hombre.

Yo no solía creer en las señales. Espero no haber llegado aún al ecuador de mi vida, pero, en cualquier caso, ya me he pasado la infancia, la adolescencia y gran parte de la edad adulta, sin creer en los presagios; es más, solía desconfiar un poquito del sentido común de las personas que se guiaban según esas pistas, reservadas para los elegidos en la yincana de la vida. Pero ahora tengo que reconocer que ha habido señales. No puedo ignorarlas. La primera es que, antes de que llegara mi prima, mi gato se pasó un mes comportándose de manera muy inusual, y sucedió también así, sin explicación aparente, de buenas a primeras. Se escondía bajo cualquier mueble por el que fuera a pasar mi perro, y entonces, cuando pasaba, ¡zas!, se le montaba en el lomo y, aunque no llegaba a sacar las uñas, realizaba los mismos movimientos rápidos con las patas como si, asomándose a la cabeza del perro desde arriba, quisiera arrancarle los ojos. Mi perro es bastante pusilánime, de modo que no se defiende. Las primeras veces solo salía corriendo y se refugiaba bajo la cama, pero con el paso de los días empezó a tener miedo de caminar libremente por la casa. No se atrevía a llegar a su comedero. Las pocas veces que lo intentó, el gato volvió a atacarle. Yo le trataba de proteger tanto como podía, acompañándole de un lugar a otro de la casa, a veces le llevaba en brazos y entonces el gato me arañaba un poco las piernas, siempre por sorpresa. Con los días y por suerte, empezó a gemir cada vez que quería desplazarse, y a partir de ahí fue algo más fácil, porque entonces yo le recogía para llevarlo de una habitación a otra cuando él lo necesitaba. Claro que, si yo salía de casa, no sabía lo que pasaba durante esas horas. Imagino que se metería de nuevo bajo la cama, temblando, tan sumiso como mi prima y yo en este preciso momento. Sin embargo, al igual que el gato empezó a atacarle de un día a otro, también dejó de hacerlo de repente. Todo volvió a la normalidad doméstica, solo doméstica, porque al día siguiente ocurrió el último gran ataque de Hamás. Teniendo amigos palestinos y judíos, muchos de ellos a su vez amigos entre sí, el dolor también tuvo un importante componente personal. Entonces empecé a recordar a un compañero de piso que tuve hace unos años, y ahí lucía otra señal que en la que no había reparado.

Compartía casa con él y otra amiga. Él era de Israel y estudiaba Física teórica. Desde el principio los tres estuvimos de acuerdo en que alquilaríamos esa casa, era la mejor que habíamos visto durante semanas y estaba cerca del puerto pesquero de Port Jefferson, el lugar con más encanto y más bonito del pueblo. La conexión en autobús con la universidad era perfecta, y el precio, razonable. Sin saber cómo pasó, él se quedó con la mejor habitación, que, en realidad, era en sí como un pequeño apartamento, tenía puerta propia con salida a la calle y además era más grande que las otras dos habitaciones juntas. Lo que hacía con nosotras tenía el efecto de una suerte de hipnotismo, cuando abríamos los ojos ya habíamos hecho lo que no pensábamos que podríamos o querríamos hacer. Así, sin saber cómo era el proceso que le llevaba a conseguir que lo aceptáramos, a veces llegaba a casa y nos decía a Fiona y a mí:

—Esta noche vienen unos amigos a cenar. Por favor, limpiad el baño.

¡Y nosotras íbamos y lo limpiábamos! Y no es que Fiona y yo tuviéramos una personalidad con tendencia a la sumisión, todo lo contrario, y mucho menos ante las órdenes de un hombre por el mero hecho de que fuera hombre. Pero todo esto pasaba, era real, y cuando nos dábamos cuenta, él tenía la mejor habitación de la casa, y del mismo modo, para cuando nos dábamos cuenta, el baño ya estaba limpio. Y sí, teníamos que asumirlo: no se trataba de hipnotismo, sino de sumisión, al menos en aquella época o en aquella casa o con aquel hombre.

También hoy, sin saber muy bien cómo ha pasado, estoy desde hace días encerrada con mi prima en una habitación, porque el hombre se ha convertido en un padre helicóptero de mi hija, un padre dóberman que parece que la protege de nosotras. Es algo tan reciente, tan nuevo y repentino como un ataque militar por sorpresa, y ni mi prima ni yo tenemos muy claro cómo reaccionar. De modo que por ahora cumplimos sus órdenes, que son muchas, extrañas y, además, muy dolorosas para mi prima, que adora pasar tiempo con mi hija.

Tampoco podemos cocinar en casa. El hombre dice que ha leído que cocinar en un apartamento pequeño es dañino para el desarrollo de los pulmones de *su hija*. Pero esto también es nuevo. Siempre he cocinado, desde que nació. De hecho, si en Nueva York la gente dependiera del tamaño de sus apartamentos para poder cocinar, los supermercados acabarían cerrando. Ahora, para el almuerzo no suele haber problema, pero para la cena, sí. Y mi prima y yo tampoco podemos cenar fuera porque entonces podríamos hacer ruido al entrar y despertar a la niña, ya que además el perro ladra cada vez que alguien entra. Por suerte, mi prima, que se adapta rápido a los cambios, desde el segundo día empezó a comprar comida para meter en la habitación, de estraperlo, comida con poco olor, insulsa, porque este señor tampoco quiere que comamos en la habitación. *No son modales*, dice. Claro que no, es hambre.

Mi prima, que se ha llevado dos años ahorrando para visitarme y que quería conocer la ciudad conmigo y con mi niña, está sitiada en una habitación, y yo con ella, en mi propia casa. Lo siento, pero no puedo evitar pensar en mi viaje a Ucrania, y mi prima lo sabe y lo entiende, cuando, antes de apagar la luz para dormir, me dice:

—Olvídate de todo esto por ahora y piensa en tu viaje a Ucrania.

Cualquiera que nos escuchara pensaría que estamos locas, o que somos unas sádicas egoístas, o que yo soy una suicida y además una madre irresponsable por irme a un país en guerra teniendo una niña tan pequeña. Yo podría responder que *el verdadero viajero es despiadado*, y tal vez sea cierto, pero no es mi caso. Claro que sé que será un viaje duro para mí. No solo veré la guerra en carne y hueso, sino que asistiré a operaciones donde contemplaré el cerebro expuesto de un ser humano, ante mis ojos. Pero este odio que me ha entrado por el hombre que nos ha apartado de mi hija, y de la casa, y de la ciudad, es tan inmenso, que encuentro paz en una guerra mayor. Que quien me lea y no pueda entenderme, me perdone. Es tan inmenso este odio, que el otro día le deseé al hombre un cáncer de próstata. Me sentí tan mal que le pregunté a mi prima si ella había odiado alguna vez a alguien hasta el punto de desear que se muriera. Mi prima, que es mucho más despreocupada que yo, me respondió:

–Sí. A él.

Esto me alivió un poco. Tal vez ambas nos estamos volviendo locas por apenas poder salir de esta habitación, por no poder usar el baño, no poder dormir a mi niña o sacarla de paseo *por si coge otro virus.*

Llevamos así cinco días. Aunque al estar encerradas nos parezca mucho, en realidad no me parece tanto tiempo como para denunciarle o considerarlo enfermo mental; de modo que hemos decidido esperar un par de días más. Sin embargo, tengo un mal presentimiento, y tal vez sí sea una señal, esta vez una que sí puedo escuchar: yo creo que el hombre nos quiere bajo la cama, como a mi perro. La diferencia es que yo no soy mi perro, y si esto sigue así, aparto mis proyectos de Ucrania, llevo a mi hija a un lugar seguro e incendio la casa.

–Esto último ha sonado demencial, lo de incendiar la casa –le digo a mi prima.

–Yo creo que no, el mundo entero está en llamas, y el fuego se propaga.

Apago la luz, acaricio a mi perro, que duerme a los pies de la cama. Me cubro con el edredón, me abrazo a mi prima y lloro. Cierro los ojos, le digo:

–Esto no tiene solución.

Ella me aprieta las manos con fuerza y calla.

Hace unos días llevé a mi hija de dieciocho meses a la cita rutinaria con su pediatra. Primero entró la enfermera en la consulta, la pesó y la midió:

–Una niña muy alta.

–Qué se le va a hacer –respondí.

Recibí una mirada recriminatoria. Pero es que la enfermera desconocía el contexto del día anterior en el parque, cuando una señora me dijo *qué niña tan alta y guapa, se parecerá a su padre, ¿verdad?* Y no suelo decir palabrotas, pero las pienso: *cabrona*.

El padre de mi hija, que no es mi pareja, es alto, y solía ser guapo, o lo que sea que se conoce como guapo, de esas bellezas que ahora los feos llaman *normativas*. Se quieren creer que por una palabra los demás van a cambiar su percepción estética, que van a ver flacos a los gordos, melenudos a los calvos. Pero bueno, cada uno con sus pensamientos ilusorios, su *wishful thinking*, como decimos aquí, creyendo que los deseos van a cambiar la realidad. Estaba hablando del cambio físico del padre de mi hija, y es que algo le pasó, no es solo el tiempo, no sé, algo; ahora de belleza normativa le queda poco, y de buena persona, menos. Así que cuando la enfermera me dijo que mi hija es muy alta me remitió a la altura de su padre, un metro noventa, y resonaron en mí las palabras de la señora del parque: *Qué niña tan alta y guapa, se parecerá a su padre, ¿verdad?* Y de nuevo, no suelo decir palabrotas, pero las pienso: *cabrona*.

Pero bien he aprendido que toda situación es susceptible de empeorar. La enfermera cedió el paso a la doctora y me reafirmé en que el aspecto físico es irrelevante cuando me hizo una pregunta al parecer clave en la evaluación lingüística de mi hija, y por tanto, en su capacidad de aprendizaje:

—¿Cuántas palabras dice su hija?

—Dos.

—¿Y dice alguna frase?

—Bueno… frase frase no sé, pero junta las dos palabras: *Go away*.

Mirada de emergencia de la doctora. Ojos como dos faros de ambulancia. Y no suelo decir palabrotas, pero las pienso: *disimula, japuta*.

—¿Algún caso de autismo en la familia?

—Mi abuela, mi padre, mis tíos, dos de mis primos, y el padre de mi hija tiene lo que, en mi tierra, y a falta de diagnóstico formal, se conoce como una pedrá en la cabeza.

—Con dieciocho meses su hija debería tener un vocabulario mínimo de diez palabras. Puede tratarse de autismo funcional. Es importante realizar una evaluación temprana. Te enviaré un correo con las instrucciones para que contactes cuanto antes con… *(de los nervios, no entendí el nombre)*.

Salí de la consulta como un cohete y me fui al parque. A todas las madres que veía les preguntaba qué edad tenían sus hijos de una manera tan descarada que no ocultaba en absoluto que solo quería cotejar habilidades lingüísticas. Después de un rato comparando, me fui con la sensación de que, efectivamente, todos los niños y niñas que había visto en el parque y que tenían una edad aproximada a la de mi hija, eran predicadores en comparación con ella.

En realidad, mi hija no para de hablar, lo que pasa es que no entiendo lo que dice. La gente se ríe mucho cuando la escucha, porque tiene una voz muy aguda y habla y habla y habla sin parar, de manera muy expresiva pero indescifrable. Yo, que suelo tomármelo todo con bastante sentido del humor, cuando me preguntan qué idioma habla, respondo *chino, porque su niñera es china*. Pero no, no tengo dinero para una niñera ni el esnobismo suficiente para enseñar a mi hija un idioma por motivos meramente económicos. El caso: me lo tomaba a broma, hasta que no. Me fui del parque con muchas ganas de llorar.

Actué rápido. Me puse en contacto con el logopeda y a la semana siguiente se presentó en mi casa, que yo había ordenado meticulosamente, como si quisiera evitar que atribuyera la falta de palabras de mi hija a cualquier tipo de desorden mío. Todo estaba perfecto. Vestí a mi hija como si fuera a un concurso de hijas de buenas madres, y yo me arreglé de manera sobria, como si tuviera cita con algún tipo de confesor.

Para empezar, el señor, que se llamaba Mike, no era muy risueño. Ya, de entrada, no me gustó. Le ofrecí un café, nos sentamos en el sofá, le presenté a mi hija. Le presenté a esa hija que, aunque ininteligible, no se callaba durante la mayor parte del día, y que me hacía imposible cualquier conversación telefónica, esa misma hija que yo llamaba lorito y que, hasta hacía pocos días, estaba convencida de que no tenía ningún tipo de retraso en el uso del lenguaje. Pero desde que el logopeda llegó, mi niña no emitió ni un ruido, se quedó en el sofá como un pasmarote.

–Ella habla –intenté justificar–, en realidad se pasa todo el día hablando, lo que ocurre es que no se le entiende.

El logopeda, con un tono condescendiente, respondió:

–Ya, pero es que a esta edad tendría que decir un mínimo de diez palabras. Diez palabras que se entiendan.

Subrayó con un mayor volumen en su voz la última parte: que-se-entiendan.

Mi hija seguía en silencio, tanto verbal como corporal. Y en ese momento apareció en escena mi perro. Un perro que destaca por un nivel asombroso de comprensión lingüística. Por ejemplo, mi perro tiene muchos juguetes, y los diferencia a la perfección. Si le digo: *¡Gringo, trae la serpiente!*, él busca hasta que la encuentra y me la trae a los pies. Si le digo: *¡Gringo, trae el cerdito que pita!*, hace lo mismo, e igual con el *cerdito que no pita*. Además, distingue entre los nombres de los distintos tipos de carne: pollo, ternera, salchicha, beicon… y de acuerdo con ello mueve la cola con mayor o menor entusiasmo. En cambio, cuando el logopeda le pidió a mi hija que le trajera un peluche, un peluche que ella conoce de sobra y que encima estaba a la vista y al lado de ella, mi hija ni se inmutó. Por supuesto que pensé que el perro lo haría mucho mejor, de hecho, lo habría hecho de manera sobresaliente.

–¿Qué partes del cuerpo entiende?

–Bueno, yo es que solo le menciono las partes del cuerpo que usamos más. Por ejemplo, conoce la palabra «totote» porque cuando le cambio el pañal le digo que tenemos que limpiar el «totote».

Mirada de sorpresa de nuevo, en un país donde la orina no se dice orina sino «number one» y la mierda no se dice mierda sino «number two», o al revés, yo siempre me confundo, o me quiero confundir. Intenté justificarme de nuevo:

Quiero decir, no conoce la palabra «clavícula», o «peroné», por ejemplo, porque no se las digo mucho.

Aquello intentó ser una medio broma, pero no surtió ningún efecto. La conversación iba sin remedio a la deriva. El logopeda solo me miró como si fuera idiota y cambió de tema.

–¿A qué edad comenzó a andar su hija?

–A los nueve meses.

–¿Y anda de puntillas?

–Muchas veces.

–¿Tuvo usted un parto vaginal o cesárea?

–Vaginal.

–¿Cuántas semanas de gestación?

Siguió el interrogatorio, con unas diez preguntas más:

–¿Sabe a qué edad empezó a hablar usted?

–Yo hablé muy pronto, o eso me ha dicho mi madre.

–¿Recuerda qué palabra dijo primero? Seguramente «mamá», ¿cierto?

–No. Mi madre me ha dicho que lo primero que dije no fue una palabra, sino una frase: «no me cantes».

–Eso es imposible.

–Es lo que me ha dicho mi madre. Que me llevó a la pediatra y la pediatra empezó a cantarme «Susanita tiene un ratón» para distraerme de las vacunas que me iba a poner, y yo me di cuenta y le dije eso: «no me cantes».

–Me extraña –respondió el logopeda.

–Ahora que me acuerdo –respondí para contentarle al menos en algo, aunque fuera mentira–, sí, «mamá», dije «mamá», fue mi primera palabra, lo de «no me cantes» vino después. *(Estaba ansiosa por agradar a aquel evaluador de mentes que parecía culparme de algo).*

Pasó a la parte del contacto visual: mi niña seguía impasible. No sé cómo no se le secaron los ojos de no pestañear. Miré al perro de nuevo, que sí miraba a los ojos del logopeda de una manera penetrante y viva. Otra vez, mi perro sí habría pasado este examen con sobresaliente, y yo con matrícula de honor como madre perruna.

–¿Y responde a su nombre cuando la llama?

–Bueno, a veces.

–Eso significa que no. *(Y volvió a escribir algo en su tablet).*

–Bueno… yo no lo veo así, por ejemplo, si le digo «galleta» mira siempre –intenté añadir una pizca de optimismo–. Y en realidad tiene sentido, ¿no cree? Mira solo cuando le interesa, ¿no es eso síntoma de que reacciona de manera adecuada?

–Ya, pero su hija no se llama «galleta», ¿o sí?

–No. Pero también he leído que Einstein no dijo una palabra hasta los tres años. O siete, no recuerdo. Mi hija en cambio dice dos palabras con dieciocho meses.

–Ya, pero su hija no es Einstein.

No suelo decir palabrotas, pero las pienso: *usted no será autista, pero es un grandísimo gilipollas y todavía no lo sabe.*

Entonces empecé a intentar sacarle yo alguna palabra, al menos una de las dos que puedo entender, y por fin, por fin, mi hija dijo:

–Caca.

Le aplaudí, le hice una fiesta, ante la mirada despectiva del logopeda, pero yo seguía aplaudiendo: *¡Bravo, bravo! Benditas sean esas cuatro letras bien puestas: ¡Caca!*

Pero como no puedo dejar de ser madre, le respondí a mi hija:

–No, mi amor, no ha sido caca, sino peo.

Y es que mi hija confunde ambos olores y no quería que pensara que estaba ignorando sus necesidades y no quería cambiarle el pañal. Por eso siempre le explico con la misma frase:

–No, mi amor, no ha sido caca, sino peo.

Mirada asombrada del logopeda. Ignoro si en este país, al igual que con la orina y la mierda, existe un número para evitar la palabra *peo*. Me pongo nerviosa y lo empeoro todo. Para intentar explicarle que es algo cultural y que esa manera de hablar no es ni siquiera propia solo de mí, le expliqué en tono desenfadado:

–¿Sabe que en Italia los peos tienen nombre? Los que son sonoros, ya sabe, esos que suenan tipo trompeta, se llaman Roberto, los que no se sabe si son caca o peo se llaman Pascual, y los que…

Me interrumpí a mí misma. Cogí a mi hija en brazos, por hacer algo. El perro saltó al sofá y ocupó su lugar.

Pensé que un amigo mío, cuyo hijo tiene autismo y, sin embargo, es uno de los niños que más han marcado mi vida, no por lástima, todo lo contrario, por admiración. Pensé que no podía ser tan malo, sin duda más trabajoso para mí, pero nunca malo.

Le pregunté al logopeda cuál era su impresión. Respondió que tenía un posible diagnóstico, pero prefería no compartirlo hasta una segunda evaluación. Se levantó del sofá para marcharse. El perro le acompañó a la puerta, siempre ha sido un gran anfitrión.

Al cerrar la puerta, mi hija volvió a decir: *Caca.* Y yo le respondí de nuevo: *No, mi amor, no es caca, sino peo.* La estreché aún más en mis brazos, la cubrí de besos, y miré por la ventana para ver cómo se alejaba Mike, el logopeda, ese cretino cornudo hijo de las mil putas.

CRISTALES ROTOS

HASTA HACE UN PAR DE SEMANAS traía a mi hija a un solo parque, el único que queda cerca de nuestro apartamento en Queens. Mi hija tiene dos años, se aburre de ir al mismo parque, pero no tengo coche, de modo que llevarla a uno más lejano es mucho más difícil, en especial en los días en que le da una de esas rabietas que te hace detener el maldito cochecito, porque si no todo el mundo te mira como juzgando que dejes a tu hija llorar desconsolada porque no sé, tal vez porque ha visto un aire acondicionado y quiere que nos paremos a contemplarlo. Así es, una niña de ciudad. La primera expresión de admiración que tuvo fue un día en que se paró junto a uno de esos aparatos que tienen el meritorio poder de afear por sí solos a todo un edificio, y soltó un: *ohhh*, el mismo *ohhh* que expresa desde entonces cuando le fascina algo.

El parque al que solíamos ir estaba solo a cinco minutos si no había berrinche de por medio y, en términos de distancia, me venía muy bien. Yo le llamaba, le llamo, *el parque de los pederastas*. Mis otras amigas con niños, o bien se ríen, o bien me dicen que estoy loca, pero con cariño, porque en realidad todas saben que la menos loca del grupo soy yo:

–Pero vamos a ver, decidme, qué coño hacen tantos hombres sentados en los bancos que hay alrededor del parque mirando a los niños, hombres que no tienen a sus hijos ahí jugando, hombres que no miran sus teléfonos, ni están leyendo ni hacen nada más que mi-rar-a-los-ni-ños.

Por supuesto, ninguna puede darme una respuesta, así que todas hemos empezado a referirnos a ese parque del mismo modo, *el parque de los pederastas*. Tiene los típicos columpios, toboganes, areneros, pequeñas paredes para escalar… nada muy creativo, como todos, y cercando el perímetro del parque hay una valla enrejada, al otro lado de la cual están esos bancos donde se sientan los que no tienen hijos ahí, porque los demás y como es lógico, nos sentamos en los bancos que hay dentro del recinto, para estar más cerca por si un niño se abre una brecha en la frente o se empeña en quitarle a otro cualquier cosa (*la nada* misma) a base de tirones de pelos.

Pero bueno, ahora ya no voy a ese parque, o no voy tanto. Me he comprado una bicicleta de segunda mano, una de esas clásicas americanas, que pesa un quintal, pero me va bien porque ese va a ser mi único gimnasio. Estéticamente es preciosa, de color amarillo claro, y tiene un diseño de esos que, como me dijo una clienta en la tienda, *ya no se hacen*. En la parte trasera, he instalado una silla para bebés y ahí llevo ahora a mi hija, que gracias al universo está encantada con el nuevo medio de locomoción y se la pasa diciendo *ohhh, ohhh*… imagino que deben de ser la multitud de aires acondicionados que pasamos por el camino. Yo le respondo, exagerando mi entusiasmo: *¡Mira las flores!, ¡mira los árboles!, ¡ohhh, ohhh!, ¡qué bonitos!, ¡las ardillas!, ¡ohhh, ohhh!* Pero no, ella permanece mudita mientras pedaleo, creo que evidentemente mi hija, al menos por ahora, tiene otro tipo de percepción estética.

Pero quiero volver al tema de los pederastas, que siguen ahí por mucho que yo me haya comprado una bici. Puedes estar a favor o en contra de este servicio, pero existe: el estado de Nueva York ofrece un registro oficial y público que señala la ubicación de personas que han sido condenadas por delitos de pederastia. La página web está diseñada de manera muy simple, y permite a cualquier usuario, incluso a quienes tienen habilidades informáticas mínimas, acceder a los servicios en aproximadamente un minuto. Hay dos formas de utilizar la plataforma: ingresando el nombre y los apellidos de la persona que se desea investigar por cualquier razón, o escribiendo tu propia ubicación o el lugar donde vives. Con la primera opción tienes la posibilidad de saber si ese hombre al que acabas de conocer y te gusta, puede estar más interesado en tu hija de siete años que en ti. La segunda alternativa es una aplicación telefónica que facilita la localización y acceso a una gran cantidad de información sobre personas que han cumplido condena por delitos de pederastia y que se encuentran en las proximidades de la dirección proporcionada, o en el lugar actual del usuario. La primera vía se basa en la sospecha, a menudo infundada, sobre un individuo específico, mientras que la segunda tiene más que ver con esa suerte de hipervigilancia comunitaria y vecinal que ciertos norteamericanos consideran un deber para poder alistarse en la nómina del buen ciudadano.

Motivada en parte por la curiosidad y en parte por la atención intensificada que la maternidad procura, y que nos despierta a ciertos aspectos de la vida que antes me pasaban desapercibidos, hace algunas semanas tecleé el código postal de mi apartamento en uno de estos motores de búsqueda. Se desplegaron veintiún resultados, pero uno en particular captó mi interés: se trata de un individuo que reside en un apartamento al otro lado de mi calle, visible desde mi ventana. Al intentar describirlo como «señor», he dudado. Al principio utilicé la palabra «hombre», pero luego la eliminé y al final he optado por «individuo». La elección de términos me resulta complicada, ya que todos me parecen demasiado respetuosos y, al mismo tiempo, apropiados, recordando la perspicaz cita de Terencio: «Hombre soy, y nada de lo humano me es ajeno». En cualquier caso, este hombre es mi vecino, al que llamaré Thomas. En tan solo tres minutos obtuve todos sus datos personales, una descripción física detallada que incluye ocho fotografías de diversas etapas de su vida, su dirección exacta e incluso el número de matrícula de su automóvil. Además, pude acceder a una descripción detallada de su delito, cuándo lo cometió, la duración de su condena, si conocía a la víctima, si empleó algún tipo de arma o fuerza, y si se encontró pornografía infantil en su ordenador. Thomas pasó doce años en prisión. Hoy tiene cincuenta y tres. Y el dato más estremecedor: Thomas perpetró una violación a un niño de nueve años.

Ahora, con la bici, voy cambiando de parques. Hay uno que me gusta especialmente porque es como el Central Park de Queens, y no solo tiene juegos algo más tentadores, sino que es tan grande que siempre descubres cosas nuevas. A mi hija le encanta bailar, y la última vez pasamos una hora bailando al son de música india, al estilo de Bollywood. En un principio solo nos habíamos acercado para mirar, era la celebración de una boda, pero al vernos nos invitaron a participar en la fiesta, comimos unos platos deliciosos, mi hija probó por primera vez el picante, pero sobre todo bailamos y bailamos, imitando con una torpe habilidad la coreografía de los invitados, que se reían de (y con) estas dos blancas que disfrutaban como si fueran las primas de la novia.

Luego, aquel mismo día, caminamos por la vereda del East River, que en realidad no es un río, sino un brazo del Océano atlántico, y así huele, a mar. Lo que más me sorprendió cuando me asomé fue que las orillas de ese mar, separado de la zona peatonal no solo por unos dos metros de altura sino también por una gran alambrada, estaba repleto de cristales pulidos, de todos los colores. Era una triste consecuencia de la contaminación marina, pero al mismo tiempo resultaba bellísimo observar los destellos de tantos tonos, como granitos de arena de cristal suavizado por el mar, no cortantes, como si solo aquellos que eran inofensivos pudieran pasar la barrera para descansar al fin en aquella orilla, pagando esta moneda: haber sido lamidos, una y otra vez, por las corrientes marinas. Me entraron ganas de sentarme en esa arena caleidoscópica, centelleante. Solo tendría que aguantar, si alguien me veía, algún improperio, pero en esta ciudad esto no es nada nuevo. Así que busqué la manera de bajar.

Escalar la reja con mi hija no fue difícil, al fin y al cabo, escalar se me da bien y mi hija vive pegada a mí como un apéndice de mi cuerpo desde que nació. Es como si yo hubiera engordado diez kilos y me costara un poco más hacer las cosas, pero eso es todo. Después, aprovechando las ramas de un árbol, descendimos poco a poco y terminamos tocando la orilla. Ya no se oían las voces del parque. Me senté y mi hija se acomodó en esa especie de nido con forma de rombo o diamante que reservo para ella cuando me siento en el suelo y cruzo las piernas. Mirábamos el *skyline* de Manhattan, los barcos, escuchábamos el sonido de las olas al romper con las rocas de la orilla, donde enraizaban algas como cabellos pardos y anaranjados que también se mecían. Empecé a escoger cristales, por su forma, por sus colores, y se los iba mostrando a mi hija. Antes de marcharnos me metí algunos en el bolsillo, de recuerdo. El resto del día pensé mucho en aquel lugar. Era un sitio donde nadie podía vernos. Era tan fácil. Y mi hija no parecía extrañar los juegos del parque, ni a los niños, parece más interesada en observar nuevos descubrimientos.

A pesar de saber que Thomas –el pederasta, para entendernos– reside a tan solo un minuto de mi apartamento, ayer fue la primera vez que le vi en persona, o la primera vez que, por haberme fijado en sus fotografías, advertí su presencia. El supermercado de mi barrio, un barrio céntrico cada vez más gentrificado, tiene un amplio estacionamiento por esa predilección de los norteamericanos por realizar compras en grandes cantidades y, por tanto, hacerlo casi siempre en coche. Por algún motivo que escapa a mi comprensión, el parking, que es exterior y feo como todo parking, dispone de algunos bancos, donde casi nunca se sienta nadie. Thomas estaba sentado en uno de esos bancos. Leía el periódico. Su apariencia física se corresponde bastante con la fotografía más reciente que había visto de él. Es notablemente delgado, si la ficha está actualizada pesa sesenta y cuatro kilos, mide un metro ochenta. Su tez es de una palidez extrema, nariz un poco afilada, cejas finas y muy perfiladas, ojos marrones, almendrados y más bien pequeños. Su mirada, al mismo tiempo fatigada y soñadora, no solo no parece ocultar ningún secreto, sino que al fijarte en sus ojos una podría afirmar que aún espera algo de la vida. Algo bueno, quiero decir.

En un principio, no experimenté ninguna emoción, y con esto me refiero a que no tuve ningún sentimiento repulsivo o acusatorio. Sin embargo, de inmediato, esta ausencia de emoción se transformó en una sensación contradictoria: por una parte, percibí algo muy similar a la compasión; por otra, sentí que esa compasión solo podía surgir desde mi posición afortunada de no ser una víctima. Más tarde reflexioné sobre ello y llegué a la conclusión de que, sin duda, la mayoría de las personas, ya sean padres o no, víctimas o no, al identificar a un pederasta, no tendrían reparos en expresar su indignación de manera directa. Esta reconsideración me llevó a juzgarme de nuevo, generando aún más confusión en mis pensamientos.

Los días siguientes seguimos recorriendo parques, con una parada obligatoria y agradable en nuestra playa privada de los cristales rotos. Mientras íbamos en bicicleta mi hija empezó a apreciar las ardillas, algo es algo, y las señalaba expresando su admiración: *ohhh, ohhh…* Y por las noches, el único momento que tenía para pensar más allá del presente radical de las acciones cotidianas que se suceden sin tregua, pensaba en la playa de los cristales rotos, y también en Thomas, en el parking, en su aislamiento.

Me vino a la mente la película *Juegos secretos*, donde la protagonista observa cómo, al entrar a la piscina pública en su vecindario de clase media-alta, un exconvicto por delitos de pederastia genera un gran alboroto, provocando que el lugar sea evacuado en cuestión de segundos debido al horror que sienten los bañistas. La existencia de ese hombre, en tanto que lleva su crimen impreso en la frente, se torna prácticamente imposible. Su madre, la única persona que lo quiere en el mundo, también sufre hostigamiento y violencia por parte de la comunidad, y termina por fallecer a causa de un ataque al corazón. Una noche, el hombre va al parque, está solo y tiene los pantalones bañados en sangre. Es la escena que más me impactó: se ha castrado a sí mismo, se desangra, pero aparenta tranquilidad. Podría haber optado por cortarse las venas o tirarse a las vías del metro. Mi interpretación es que eligió la castración como un gesto simbólico para demostrar que también él repudia su propio crimen, sus deseos, y se niega a existir en un futuro marcado por el ostracismo social y las agresiones de sus vecinos; y, en un futuro, casi con toda seguridad, un nuevo crimen, un nuevo niño, ya que, según las estadísticas, el noventa por ciento de los pederastas reincide una vez que han cumplido su condena.

Me resulta difícil llegar a una conclusión sobre la validez ética de divulgar los datos personales de estos exconvictos. Por respeto y empatía hacia las víctimas, no quiero experimentar compasión por Thomas, pero, a pesar de ello, lo hago. No deseo verlo a diario en ese estacionamiento desolado, en ese banco que rara vez ocupa alguien. No me agrada pensar en los insultos dirigidos hacia él y a su madre cuando alguien los reconoce. No querría tener que ver las llantas de su automóvil siempre pinchadas. Entiendo que, si mi hija cayera en sus manos, yo misma sentiría la urgencia de estrangularlo. No obstante, también reconozco que, si todos juzgáramos desde el dolor de las víctimas de cualquier tipo de crimen, desde un sufrimiento que no nos ha afectado de manera directa, nos veríamos obligados a condenar a más de un vecino. Thomas es hijo de unos padres que probablemente lo aman; quizás también él mismo sea padre, y sus hijos sufran el maltrato de sus compañeros de clase debido a un crimen que ellos no cometieron.

Dejé de ir al parque de los pederastas, y seguí con nuestra rutina de continuar descubriendo la ciudad en bicicleta, y nuestra playa. No volví a ver a Thomas en el parking, pero sí lo vi ahí mismo, en ese trozo de costa que, pensaba yo, era solo nuestra. Ahí estaba, dormido entre los centelleantes cristales rotos y coloridos, bien vestido, con una mochila negra y pequeña como almohada, y una botella de agua a la altura de su vientre. Ni siquiera había advertido su presencia cuando descendimos por las ramas del árbol, ni cuando me senté, ni cuando acomodé a mi hija entre mis piernas formando un diamante, ni cuando cogí la bolsa para ofrecerle un plátano. Solo me di cuenta de que Thomas estaba ahí cuando mi hija estiró su brazo y, señalando con el dedo índice tal como señalaba los aires acondicionados y las ardillas que tanto le entusiasmaban, exclamó con su manera de expresar la admiración: *Ohhh, ohhh…*

| **LA MUJER DEL PUENTE** |

LA MUJER QUE SE ARROJÓ por el puente de San Francisco llevaba una nota en el bolsillo que decía: «Si una sola persona me sonríe por el camino, no me suicidaré». Yo estoy tan apegada a la vida, tan arraigada desde lo más profundo, que no dependo de sonrisas de desconocidos que me salven, que me agarren en el último instante y detengan mi caída hacia el mar hecho cemento. Sin embargo, hay algo en aquel bolsillo, en aquella nota, en aquella mujer o puente que tiene que ver conmigo. Hay algo que fui yo, algo que seré, algo que aún soy.

El Golden Gate Bridge, el puente que cualquier visitante quiere atravesar, que muchos turistas compran en forma de imanes en las tiendas de *souvenirs*, esa imagen-símbolo de la ciudad, ha visto el suicidio de miles de personas, desde su construcción en el año 1937. Hasta tiempos recientes, la tasa media de intentos de suicidio era de una persona cada dos días. La víctima más joven fue una niña de cinco años, a quien siguió su padre. Pero los ojos del puente han presenciado más suicidios de los que son reportados, pues a veces hay personas que, cargadas con el peso de su impenetrable tristeza, se arrojan por la noche y se pierden en la oscuridad, o desaparecen atrapadas bajo el peso de algún barco.

Hace algunos meses que trabajo como monitora de una *forest school* para niños de dos a cuatro años. El concepto de este tipo de escuelas surgió a mediados del siglo xx en Europa. Son lugares concebidos para que los niños aprendan en un ambiente natural, al aire libre, con una mezcla de lo que imaginamos cuando pensamos en una educación convencional, y un aprendizaje basado en la observación de los entornos agrestes, los árboles, los insectos, los sonidos de las diversas especies de pájaros o roedores. En realidad, al principio no pensaba trabajar con niños tan pequeños, siempre di clases a universitarios y, aunque soy madre, nunca consideré que me gustaran especialmente los niños, o no los niños de otras personas, en cualquier caso. Pero mi hijo Erick tiene veintidós meses y, cuando al matricularlo tuve que firmar que aceptaba la responsabilidad de un *posible accidente* o *incluso la muerte*, me entró el pánico y pregunté si podía acompañarlo. Al final, me contrataron.

Los primeros días me impactaron por la serenidad que te da el cambiar pañales de niños de pocos meses y de familias trabajadoras, frente a la de cambiar pañales de estudiantes universitarios y ricos. Era otoño en Nueva York. Hacía ya algo de frío, pero uno de los lemas a los que se atiene la *forest school* es que no existe el mal tiempo, sino la mala ropa. Si se hacían caca o pipí, les cambiábamos en la hierba, que dos meses más tarde se cubrió de nieve. No

me resultaba incómodo, al revés, me gustaba ser testigo
de lo fuerte y poco llorón que puede ser un niño si le tratas
con naturalidad en cualquier circunstancia, incluso aunque
le tengas que desabrigar el culito tendido en el suelo y a
una temperatura de -15º C. Me maravillaba ver a todos los
niños abrigados, con unas botas que les permitían meterse
en charcos cuya agua les llegaba hasta las rodillas, chapo-
teando como si fuera verano, pintando hojas secas o las
cortezas de los árboles con las manos llenas de colores, la
piel cubierta con una mezcla de tierra y tonos de acuarela o
colorantes alimenticios. Ninguno lloraba, ninguno se que-
jaba del frío, y, durante las primeras semanas constaté que
ninguno se enfermaba. Las amigas que tengo y que también
son madres siempre me advirtieron que mi hijo empezaría
a ponerse enfermo con muchísima frecuencia una vez que
comenzara la escuela y tuviera contacto con otros niños,
pero hasta ahora no ha sido así, a pesar de que todos ellos
llevan colgando unos mocos de diferentes densidades y
colores que sorben o se los restriegan a los demás. Sin ser
yo la directora de la escuela, me sentía jefa de mí misma.

Un día en que llovía torrencialmente, improvisé unos
recipientes, unos palos, y comenzamos a escarbar en la tierra
en busca de lombrices. El asco inicial de algunos derivó en
entusiasmo. Acabó pareciendo que buscaban un tesoro.
Las sacábamos con cuidado, aunque por supuesto muchas
fueron cortadas por la mitad debido al innato sentido de
posesión de dos niños que tiran cada uno por un lado.
Pasamos horas así. Yo les preguntaba dónde estaban los
ojos, cosas absurdas, y ellos las miraban de cerca sin en-
contrarlos, porque no tienen. Entonces les explicaba que,
aunque no tienen ojos sí son muy sensibles a la luz, lo cual
es una manera de poder ver. Lo entendían todo, a la pri-

mera. Que un niño de tres años comprenda que hay seres vivos sin ojos y lo acepte, me parecía una buena lección sobre la diversidad, y no esas pantomimas universitarias con todos sus pronombres inclusivos, destinados a adultos que no aprendieron a tiempo ni aprenderán nunca lo que es el respeto hacia todo lo que respira. Un niño se metió una lombriz en la boca. Otro, algo mayor de edad, les construyó una especie de casa con piedras, que una niña vino a destruir saltando encima, para desgracia de las lombrices aplastadas. Llenamos de lombrices varios recipientes. Hacía meses que no había sentido tanta plenitud en mi trabajo.

Como es de esperar si vives en la ciudad de Nueva York, no siempre podemos coordinar todos los aspectos logísticos para transportar a los niños a entornos salvajes, de modo que muchas veces vamos a los parques cercanos, los más grandes, donde sí hay una parte de contacto directo con la naturaleza, pero también con la comunidad, los vecinos del barrio que pasean a sus perros, las personas que se encargan de cuidar el parque. También admiramos a esos hombres que parecen diminutos puntos, a los que vemos colgando de los puentes para realizar los trabajos verticales de reparación. Son verdaderos escaladores. Ya nos conocen y nos saludan desde las alturas. Uno de los lugares que frecuentamos es un *skate park*. Los niños se quedan alucinados al ver cómo los mayores manejan la tabla de *skate* y saltan montículos de cemento colorido por los grafitis. Ellos mismos utilizan esos montículos para tirarse hacia abajo como si fueran toboganes. Se ríen, se dan algún golpe, se quejan lo mínimo, se levantan, siguen. Los niños son libres o, mejor dicho, se sienten libres, porque cada seis niños siempre hay dos instructores que nos encargamos de no perderlos de vista. Sin embargo, intervenimos lo menos posible siempre que no haya peligro. En realidad, es obvio, se trata de un riesgo controlado. Sin duda estarían más seguros en un aula cerrada. O tal vez, ahora que lo pienso, no es así. ¿Cuántos niños han muerto a tiros en las escuelas de Estados Unidos? Me alegra no ser una de esas profesoras que tiene que hacer simulacros de evacuación o enseñar a los niños a esconderse en el baño y subirse en la tapa del inodoro para que un loco armado con un fusil que compró en un supermercado no les descubra por los pies al asomarse bajo la puerta.

No he empezado esta historia con el puente de San Francisco porque sí. En realidad, no lo sabía, pero ahora, conforme escribo, me doy cuenta de que esta historia habla de puentes de diferentes tipos. El primer puente en el que pensé fue el Golden Gate Bridge, pero luego pasé a narrar mi cambio radical de trabajo en los últimos meses: el puente entre una persona con un currículum bien trabajado durante muchos años, que ha impartido clases en las mejores universidades norteamericanas, y un trabajo en algo así como un jardín de infancia, por mucho que sea uno muy peculiar, y donde no hace falta doctorado, ni idiomas, ni publicaciones y en el cual, por supuesto, me pagan infinitamente menos. De hecho, precisamente ahora que soy madre, estoy sola, las necesidades son mayores y mis ingresos son mínimos, es cuando llego a casa más relajada que antes, sin ansiedad. Mi posesión material más importante es una bicicleta, de segunda mano, pero eso sí: con unos candados carísimos porque esto es Nueva York; y en cambio, tardo en dormirme lo que tardo en taparme, sin tener que darle vueltas a la cabeza sobre el trabajo, preguntándome si lo he hecho bien, sabiendo que sí, es decir, preguntándome si hay alguien, estudiantes o superiores, que se hayan podido sentir ofendidos por algo que yo sé que no debería ofender a ninguna persona mentalmente sana. Es más, ahora me voy a dormir con el entusiasmo de levantarme de madrugada para preparar la mochila como si mi hijo y yo nos fuéramos de camping. Todo es sencillo, verdadero y, de muchas maneras, útil. Nunca podría haber imaginado que el pasarme la vida estudiando me traería hasta un trabajo tan poco valorado por mis antiguos colegas como gratificante para mí.

Llegué a Nueva York con una beca de doctorado en el año 2002. Acaba de terminar la carrera en la Universidad de Sevilla, y era tan tímida que no veía el modo de poder dirigir un aula con estudiantes más o menos de mi edad. Ni siquiera mi nivel de inglés me parecía suficiente para explicar ciertos temas; tal vez sí lo fuera, pero mi inseguridad se exacerbaba debido a mi timidez.

El día inaugural del curso contaba con quince estudiantes. Mientras cogía la tiza para escribir mi nombre en la pizarra, me vino la certeza de que tendría que enfrentarme a la posibilidad de no ser capaz de darme la vuelta y dirigirme a ellos. Temía que la timidez me hiciera huir y no regresar, y que me percibieran como extraña o loca. Sin embargo, en cuestión de meses, me encontraba en un auditorio, con micrófono en mano, impartiendo una clase de Historia Moderna de España a los ciento dos estudiantes que ocupaban las gradas, y todo esto en inglés. Las limitaciones que temía al principio se desvanecieron en un abrir y cerrar de ojos. ¿Cómo fue esto posible? Y, sobre todo, ¿cómo sucedió tan rápidamente? Este es otro de los puentes por los que camina esta historia.

En primer lugar, experimenté una confianza total por parte de mis directoras, profesores y colegas en mi capacidad para tomar decisiones sobre los temas en los que deseaba indagar. Me animaron a diseñar los cursos que tenía interés en enseñar y a determinar, por mí misma y con toda la autonomía posible, la mejor manera de hacerlo. Comprendí que mi timidez podría deberse, en gran medida, a que con anterioridad me habían tratado como un sujeto pasivo, limitándome a tomar apuntes en clases donde solo veía otras cabezas ocupadas en hacer lo mismo, sin espacio para la discusión. En aquel contexto, cualquier objeción que se presentara, incluso levantar la mano, eran motivo de cuchicheo por los pasillos. ¿Cómo se atrevía un simple estudiante a decidir qué quería pensar?, ¿qué tipo de engreído era?, ¿o, acaso quería adular o llamar la atención del profesor?

Por otra parte, desde el comienzo de mi beca en Nueva York, me quedó claro que mis colegas estaban allí debido a sus logros y capacidades, sin que la apariencia física tuviera relevancia alguna. Recuerdo la primera vez que vi pasar a una persona que luego se convertiría en una de mis mejores amigas: labios y orejas horadados con *piercings*, y un estilo de vestir que, en ese momento y en Europa, se consideraba inapropiado para una profesora universitaria. Sin embargo, su presencia en el departamento estaba respaldada por sus méritos, su aguda capacidad de pensamiento, su disposición para rebatir a superiores, colegas y, sobre todo, a sí misma. El sistema universitario alentaba este espíritu de cuestionamiento como parte integral del crecimiento intelectual, lo cual propiciaba discusiones enriquecedoras durante las clases y nos motivaba a seguir reflexionando fuera del aula, incluso en el mismo bar donde, los fines de semana, solíamos relajarnos, nos terminábamos emborrachando y bailando, hasta dejar de pensar.

Después de completar mi doctorado, continué avanzando en mi carrera profesional, pero el año pasado llegué a un punto que marcó el inicio de una depresión. Crucé otro puente, resbalando, hacia abajo. Ocurrió cuando comprendí que el mundo académico que conocí, respeté y que contribuyó a mi crecimiento, está desapareciendo de manera gradual (lo están haciendo desaparecer). Tristemente, su extinción también afecta a Europa. El racismo se ha intensificado; cada vez más libros son censurados en nombre de la libertad de expresión; y el acoso sexual va en aumento en nombre del feminismo. Los profesores que admiro y los compañeros que tuve están siendo reemplazados de manera sistemática por individuos a quienes se les exige renunciar a algo fundamental: la capacidad de decidir sobre qué queremos pensar. Si los tatuajes, los *piercings*, cualquier libertad estética o preferencia sexual antes eran irrelevantes, ahora son parte indispensable del currículum de una persona con una formación mediocre. Los contratos parecen ser más propios de un jardín de infantes: «Colorea sin salirte de las líneas». Creo que por eso traje a mi hijo a una escuela forestal, donde puede salirse de las líneas todo lo que quiera, hasta de sí mismo, y llega a casa tan tranquilo y feliz como yo, y con hambre, mucha hambre. Es la salud de la libertad. Hasta ayer. Ayer sucedió algo terrible, algo que, de nuevo, me lleva a un puente, esta vez otro puente literal.

Una profesora y yo estábamos a cargo de siete niños, en el *skate park* que mencioné anteriormente. Ellos hacían lo habitual, lo que más les divierte: Henry, de dos años, siempre con su chupete, camina por los bordes del recinto, jugando a hacer equilibrios; Leyla, de veintiséis meses, pinta con una tiza naranja sobre los grafitis de un muro; Chase, de tres años, con el pelo largo y rizado y un hoyito en la barbilla que me vuelve loca, observa con atención los movimientos de los *skaters*; mi hijo se arrastra por cualquier cosa que tenga cierto desnivel y le permita deslizarse en todas las posiciones posibles… Pasamos allí una media hora y decidimos ir a la parte más agreste para sentarnos en la hierba a comer algo. Justo al abandonar el recinto escuchamos un ruido, era un golpe. Por motivos que no voy a contar ahora para no interrumpir la historia, yo conozco bien de qué manera suena el cuerpo de una persona cuando es golpeada por algo mucho más duro que ella, y antes de darme la vuelta y de escuchar los gritos de la gente, sé lo que ha pasado. Alguien se ha tirado desde el puente que hay sobre el *skate park*. Las voces de otros testigos lo confirman. Yo no quiero mirar atrás. Mi compañera, mira. *Está todo lleno de sangre*, me dice. Los niños no se han dado cuenta de nada, siguen su camino frente a nosotras. Van empujando una especie de vagón donde transportamos sus mochilas, una lona para colgar entre los árboles en caso de lluvia, los folletos para identificar pájaros y roedores, las palas para escarbar en la tierra, la ropa extra de abrigo…

Entonces escuchamos las sirenas de la policía. Mi compañera y yo tenemos el corazón en un puño. Ni siquiera podemos detenernos para saber si ha sobrevivido, aunque sabemos que es imposible. Esto es traumático, tanto como se pueda imaginar. Además, hay un detalle que me obsesiona. Esa mujer ha saltado pocos segundos después de que abandonáramos el recinto con los niños, y me imagino una situación muy posible:

Llegar al puente, mirar hacia abajo, calcular dónde caer para que el suicidio sea efectivo, y en ese momento ver a los niños. Entonces la mujer espera a que se vayan, ¿cuánto tiempo de espera? Estuvimos allí una media hora. ¿Tal vez esperó la media hora completa?, ¿tal vez llegó solo diez minutos antes? Lo que me pregunto es si esa mujer dilató el tiempo de una existencia con la que quería terminar, para evitar que los niños presenciaran la escena, es decir, si su pulsión de muerte –que imagino como el impulso más poderoso que existe– fue menos poderoso que su sentido de la compasión. Es imposible saber qué pasa por la mente de una persona en un momento así, pero parece demasiada casualidad que se arrojara poco después de que dejáramos el lugar. Tampoco es lógico que alguien que se va a tirar por un puente lo haga de inmediato, primero tendrá que estudiar la situación que se presenta abajo. ¿Fue entonces cuando vería a los niños?, ¿fue ese el último gesto bondadoso de una persona que no encontró en otros la bondad o el apoyo suficiente para evitar su suicidio? Tal vez esa señora también llevaba una nota en el bolsillo.

El suicidio no apareció en las noticias, ni siquiera en los periódicos locales o del barrio. Y entonces lo vuelvo a confirmar: no sé el día de mañana, pero hoy, ahora mismo, sé que estoy en el lugar de trabajo adecuado, con niños a quienes hablamos de la importancia de cualquier tipo de vida. Había sangre a mis espaldas. Había muerte porque había vida. Mientras tanto, alguien que estará ocupando mi lugar en la universidad por una cantidad indecente de dinero, estará conversando con estudiantes ricos y blancos acerca de cómo hablar sobre las personas pobres y negras. Sin consecuencias positivas para el mundo, con un poder de visión menor al de una lombriz sin ojos. A ellos no les recordaré. Pero sí recordaré, para siempre, a la mujer del puente, y, un día, le contaré a mi hijo la historia, en caso de que sea cierto que el recuerdo dilata, siquiera un poco, el tiempo de vida de quien murió. Y es que ni siquiera sé si esta mujer tenía a alguien que ahora pueda recordarla. O si una sonrisa a tiempo podría haberla salvado.

La *TENDRESSE*

VERANO. Mi hija de dos años y yo dejamos San Francisco por un mes y nos vamos a la casa de su familia paterna, en los Alpes austríacos. Es una antigua granja donde ahora solo habita su tío, Johnny, ya muy anciano, amable pero rudo, cuyo alemán me resulta ininteligible. Hombre de montaña, no conoce ni quiere conocer lo que sucede allá bajo las nubes. Las enfermedades que padece se le curan solas, hasta el día que ya no ocurra, pero ninguno de los pocos amigos o vecinos que tiene espera que deje las montañas para visitar a un médico. Es tierno, a su manera. Sonríe a mi hija. Ha sacado del sótano los juguetes de su infancia, y los ha limpiado, los que le hizo su padre durante la guerra, cuando él era niño: una carretilla verde un poco oxidada, que ha vuelto a pintar; un caballito de madera que se mece de forma tan suave que no se diría que sobre él pasaron bombas, largos años, y hambre, mucha hambre. Johnny también le ha hecho un columpio a mi hija. Con su pierna derecha paralizada por completo, debido a una caída que sufrió mientras arreglaba el tejado de la casa, a Johnny se le hacen más evidentes los años, pero también su vigor, pues no ha dejado de hacer nada de lo que siempre ha hecho.

Por la ventana de la cocina se ve una casita de madera que ha construido para los pájaros, y mi hija grita: «¡Vogel!». Es su primera palabra en alemán, que al leerla escrita no suena tan bonita como cuando se pronuncia, pues el sonido recrea una suerte de aleteo. Comemos en esa cocina, que aún se calienta mediante un horno de leña, mientras oímos el trino, el batir de las alas, el ir y venir de las diferentes especies y sus colores. Johnny, que hace muchos años se autoabastecía con la matanza de sus propios cerdos, también se ocupa de curar a los animales heridos: un gato salvaje encontrado con un alambre en el cuello, un ciervo víctima de la mala puntería de un cazador. Duerme con sus dos perros, a los que alimenta con la misma comida que él come, casi siempre un trozo de *speck*, carne curada, que corta con una antigua navaja, sobre una tabla con innumerables cicatrices. Y tocino, mucho tocino.

En esta casa hay poco que hablar, eso me gusta, no lo digo como algo negativo. Nunca me ha agradado la palabra en los entornos naturales. Voy a decir que *debería estar prohibida*, como la basura, claro que esto se tomará como una exageración o excentricidad, me da igual: la palabra –al menos la palabra en exceso– debería estar prohibida en el mar o en la montaña. Aún recuerdo cuando invité a mis amigas a una pequeña barquita que solía tener en la isla de Nantucket, las aguas en las que se inspiró Heman Melville para escribir *Moby Dick*. Ya en el siglo XVII, los barcos zarpaban allí rumbo a la caza de las ballenas, mucho más grandes que las barcas que se echaban al agua, de apenas siete metros, y que maniobraban con el esfuerzo y la astucia de los que eran capaces los remeros. Nos levantamos a las cinco de la mañana para estar allí temprano. Aún vivía yo en Queens, en realidad podríamos habernos quedado allí, en un café, en cualquier sitio, porque estas amigas se pasaron toda la travesía hablando como si estuviéramos en un Starbucks. Para colmo, hablaban de sus partos. Yo no podía más. Horas hablando de sus partos, horas que me parecieron más dolorosas que las contracciones que yo también pasé. Yo, ingenua, anticipando un día entero en alta mar como regalo de serenidad para todas, había llevado unas pastillas contra el mareo por si alguna de ellas las necesitaba. Al final, fui yo la que se tuvo que tomar una. ¿Cómo podían hablar de igual manera en tierra que en alta mar?, ¿no notaban ningún cambio en el paisaje?, ¿no preferían contemplar detalles que no todo el mundo tiene la oportunidad de apreciar? Al parecer, no. A las conversaciones sobre el parto siguieron las del postparto, repletas de vejigas dañadas y escapes de orina.

—Me han diagnosticado vejiga caprichosa.

—¿Y eso qué es? (Ahí sí consiguieron captar mi atención. Vejiga caprichosa. Me pregunté quién habría sido la eminencia que le había dado ese nombre).

—Cuando voy al baño no logro vaciar la vejiga del todo y luego, en el momento menos esperado, me orino encima. A veces me lo hago en la cama.

Perdí todo interés por la vejiga caprichosa. Esperaba más.

Olvidemos a mis amigas. Estaba hablando de mi estancia en la casa de Johnny. Cuando sale a trabajar con el tractor, me voy con mi hija al prado. Pueden imaginar esos prados de Heidi, prefiero anticipar esta imagen antes de que hagan la asociación y piensen que el paisaje que les presento lo he copiado de un creador japonés. No, la verdad es que es así. Estos prados son casi idénticos. Detenidos en el tiempo. Incluso Johnny tiene ciertos rasgos que podrían asociarse con el abuelo de Heidi. Como el personaje de la serie, mi hija puede correr libre por toda una montaña llena de flores silvestres en verano, flores que coronan la punta de unos tallos más altos que ella. Le enseño los colores según la variedad de esas flores, le menciono los números según sus pétalos. Se las acerco a la nariz y aprende a olerlas. Ahora es su obsesión: oler las flores. El prado que hay delante de la casa es tan grande que ella puede correr mientras yo la sigo con la mirada sin verla, solo fijándome por dónde va gracias a los tallos que va moviendo o allanando a su paso. Cuando cae la noche, nos metemos en casa y le preparo el baño. Al desnudarla, todo el espacio huele a flores del prado. Entre el vapor del agua caliente y este aroma, nos pasamos en la bañera mucho más tiempo del que es habitual en nuestra vida urbana.

Y luego dejamos las montañas. Volvemos a San Francisco. Pero antes pasamos por Idaho para visitar a una amiga que vive en un pueblo que aún no entiendo. Nunca he entendido muy bien los pueblos de ciertos estados norteamericanos, y no me refiero al acento, tal vez ni siquiera a la gente, ni a su política, simplemente hay tierras que no entiendo. De hecho, tampoco entiendo la Austria que existe a los pies de sus montañas. Mi amiga tiene setenta y tres años, no importa cómo la conocí, pero la visito cada verano. Ha sufrido mucho, y se nota en su piel, en su expresión, y en su casa. Martha tiene una enfermedad: el síndrome de Diógenes.

En la memoria colectiva, Diógenes de Sínope es recordado por la anécdota más difundida, la cual relata que cuando Alejandro Magno deseó expresar su admiración por el filósofo griego, que residía en un barril y no poseía ninguna propiedad, se acercó para ofrecerle cualquier cosa del mundo que solicitara. Entonces, Diógenes le respondió:

«No seré yo quien te impida demostrar tu afecto hacia mí. Esto es lo que quiero: querría pedirte que te apartes del sol. Que sus rayos me rocen la piel es, ahora mismo, mi más grande deseo».

Siempre me ha intrigado que utilicemos el término «síndrome de Diógenes», aquel hombre que no tuvo nada, para describir esa enfermedad mental en la que las personas acumulan tantos objetos en sus hogares que terminan viviendo más cerca del techo que del suelo. Aunque pueda parecer paradójico nombrar este síndrome en honor a un griego que vivió sin ninguna posesión, con el tiempo he llegado a comprender que, en el fondo, el nombre es apropiado. Tanto las personas afectadas por este síndrome como el propio griego apodado «el perro» comparten algo más allá de la simple acumulación de objetos: son excluidos socialmente, apartados por necesidad o elección propia de una sociedad que los rechaza, y a la cual ellos rechazan de igual manera.

Hace muchos veranos que paso algún tiempo en casa de mi amiga Martha. Es esbelta, muy delgada, y tiene una afección que hace que los músculos pierdan toda su fuerza, que poco a poco van descolgándose, de modo que parecen separados de los huesos. Se tiñe el pelo de rubio platino, pero como tiene muy poca cantidad, se engancha unas extensiones del mismo color, salvo por un mechón naranja. Usa sujetador, pero de una manera extraña, pues ajusta los tirantes tan bajos que la prenda no cumple ninguna función, los pechos caen alargados y planos hasta la barriga, donde recuperan algo su volumen, como algunas de las mujeres representadas por Egon Schiele.

De manera progresiva, he visto cómo Martha ha ido llenando su casa de tantos cachivaches que la luz del sol ya no puede entrar por las ventanas. Está bastante oscuro, pues ni siquiera la iluminación artificial de la bombilla puede atravesar del todo la opacidad de las montañas de cosas que tiene en su casa. Veo que desde la última vez que estuve aquí, todo ha empeorado. Los armarios no se pueden abrir, no solo porque han quedado atascados por los enseres acumulados en el interior, sino porque fuera, en las puertas correderas, Martha ha puesto clavos para colgar perchas, y de las perchas cuelgan a su vez decenas de cinturones, pañuelos, bufandas, todo tipo de ropa o de bolsas repletas de más cosas. Antes, en las paredes había algún cuadro o fotos, recuerdo algunas de Martha a sus cincuenta y tantos años posando en bikini en la playa, extremadamente morena, con ese tono de piel que adquieren las personas muy blancas que además usan lociones potenciadoras del bronceado, un tono entre naranja y color cartón. En esas fotos, Martha posa con un erotismo exagerado, tendida en la arena de la orilla, el cuerpo moteado de gotas de agua, y con el mismo color de cabello, rubio platino, pero abundante. Ahora estas fotos también han sido sustituidas por clavos de los que cuelgan más perchas. Apenas queda un espacio visible de pared en toda la casa. Tampoco de suelo. Las alfombras se superponen unas sobre otras, pero también he dejado de verlas, porque todo está tapizado de bolsas y más bolsas repletas de cosas.

Debido a que las paredes y el suelo están forrados de ropas y todo tipo de artículos contenidos en cajas, mochilas, maletas, esta casa es el lugar más silencioso que he conocido nunca, como si tantos enseres absorbieran las reflexiones producidas por las ondas acústicas. Duermo en una cama pequeña rodeada por murallas de objetos como ladrillos que se amontonan a un nivel más alto que mi almohada, pero me gusta el silencio, que aquí es tal que, si alguien llama a la puerta, no podemos oírlo. Incluso la multitud de relojes antiquísimos que habitan la casa, también callan. Todos están detenidos a diferentes horas. ¿Es posible que también pueda caber aquí el silencio y la detención del tiempo que traigo de la montaña?

Los muebles de la cocina no tienen puertas y dejan a la vista multitud de medicamentos e innumerables botes de esmalte de uñas, doscientos, por decir una cifra, pero tal vez son más. Es el lugar más colorido de la casa porque los hay de todos los tonos. También están salpicados por otros lugares, parecen diminutos farolillos de colores en un día de celebración. Hay juguetes rotos, muñecos mutilados por el uso o el maltrato de sus previos dueños, y electrodomésticos que no funcionan, tostadoras en las que, si te asomas, puedes ver otros pequeños objetos, atascados donde un día hubo rebanadas de pan caliente. Hay muchos microondas, aunque no solo en la cocina, sino en toda la casa. Nunca he sabido dónde están los cubiertos. A veces comemos fuera, pero como a Martha no le gusta salir, por lo general pedimos comida preparada. Los vasos están por todos sitios, hasta en la ducha, que a la vez también sirve de armario para otras prendas que cuelgan. Para asearse, Martha se hace un sitio entre tanto objeto e intenta mojarlos lo menos posible. También hay botellas y botellas de agua mineral de litro y medio, sin abrir, son de plástico verde y, por alguna razón, Martha nunca bebe de ellas. Y en un rincón he encontrado unos botes de tinte para el pelo, todos apilados de manera geométrica, y sobre la fotografía de una modelo veinteañera, se lee en cada etiqueta la descripción del color: «Rubio California». Sin duda es más preciso que el rubio platino con que yo solía describir su cabello.

Antes, Martha tenía tres gatos y un perro. Ahora solo queda el perro, las cenizas de los gatos reposan en unas urnas sobre una mesita de madera, que es el único mueble ordenado y limpio de la casa, y también el único que tiene una misión clara: ser el altar para quienes hicieron compañía a Martha. Ese pequeño templo representa toda la ternura que soy capaz de sentir. Ahí está el latido de la casa, un símbolo de amor, soledad, y batalla contra sí misma, pues es seguro que la mente de Martha ha tenido que hacer un esfuerzo extenuante para mantener ordenado y diáfano ese altar en memoria de sus mascotas. Sin embargo, no estoy segura de que en el pasado lo hubiera sabido apreciar. Quizá este año he reparado en ello porque, por primera vez, no he ido sola a casa de Martha, sino con mi hija de dos años. Ahora, más que nunca, me fijo en los detalles y, de todos los lugares que mi hija conoce, desde diferentes países hasta diversas atracciones, parques, espectáculos o conciertos pensados para niños tan pequeños, esta casa es, sin duda, el lugar donde más la he visto disfrutar: hay cientos de revistas que romper en tantos pedazos como quiera, puede pintar en la infinidad de cajas de cartón, tirar de la manga de una blusa y ver cómo sale toda una cadena de ropa, como una serpiente infinita. Abre una caja y saca una multitud de bisutería, collares de perlas larguísimos, que ella se coloca en el cuello orgullosa de sí misma, mientras camina enredándose con las perlas en los pies. Martha, además, colecciona cristales rotos, que mete en jarrones también de cristal. Los he puesto fuera del alcance de mi hija, pero en esta casa casi todo parece peligroso, pues ni siquiera puedo ver lo que hay entre los huecos, las grietas mínimas que sobreviven entre una cosa y otra. La casa de Martha es el horror de toda madre, así como el mejor espacio posible desde los ojos de una niña que está descubriendo la variedad de sensaciones que habitan el mundo. Después de varias semanas en la montaña, recogiendo flores, oliéndolas, estudiando el tacto de sus pétalos, mi hija ha descubierto en esta casa muchos ramos de flores de plástico. Las huele y me mira extrañada, duda si traérmelas como un regalo o no. Ríe. Es un microcosmos desconocido, y por ello es divertido para una niña que está en esta edad de admirar los objetos más cotidianos y simples.

Miro a mi hija, miro los objetos. Algo me viene a la memoria, un mito delicioso perteneciente al folclore japonés: los artículos cotidianos de una casa cobran vida en su cumpleaños número cien. Son los conocidos *Tsukumogami*. Existen obras pictóricas que los representan, muchas del periodo de Edo, en las cuales utensilios de cocina, instrumentos musicales, ropas, teteras o escobas se muestran vivos, y con diversas personalidades. Les define un atributo fascinante: los *Tsukumogami* se comportan con los propietarios de la casa de la misma manera con la que los propietarios los han tratado a ellos. Si han sido maltratados, la presencia de estos objetos en la casa tendrá un efecto negativo. En cambio, si han sido tratados con amabilidad, su presencia será beneficiosa.

A lo largo de los años en que he visto la casa de Martha desapareciendo entre los objetos, he intentado convencerla de que se trata de un trastorno, una enfermedad, de que podíamos elegir juntas qué cosas regalar, tirar, vender o donar. Me he ofrecido incontables veces a ayudarla a hacer una limpieza profunda. Sin embargo, Martha siempre ha rechazado la idea, ya que experimenta el síndrome de Diógenes, pero con una singularidad encantadora y tierna: para ella, cada objeto tiene vida. Donde yo solo percibo desorden y artículos sin utilidad, Martha contempla con respeto cómo las cosas más cotidianas envejecen. Ella las valora a todas, y no olvida la historia de ninguna, recuerda su origen, y les ofrece su espacio y el derecho a ocupar un lugar en la casa. Creo que decir que Martha recoge objetos es demasiado reduccionista; Martha los adopta, les ofrece la calidez de un hogar.

Transitar o siquiera moverme en la casa de Martha se vuelve complicado; intento minimizar el contacto con casi cualquier cosa. En ocasiones, y son bastante frecuentes, experimento asco (aunque me duele usar esta palabra), pero en términos emocionales me siento bien. Es por ello que, a pesar de todo, regreso, siempre regreso, por Martha, pero también porque todos estos *Tsukumogami*, espejos, zapatos, relojes, tarros, paraguas… se portan con nosotras tal como ella los ha tratado, con ternura. Es muchísimo más de lo que Martha ha podido encontrar en las personas, ahí, fuera de esta casa que mi hija valora como si ya hubiera sentido la inquebrantable lealtad de los perros, el rechazo de ciertas personas o la historia vital de los objetos cotidianos que conviven con nosotras, en nuestra casa. Tal vez, algún día futuro, mi hija celebre el cumpleaños de un sonajero que acaba de regalarle Martha. Le faltan partes, pero me gusta que sea viejo, que haya pasado antes por otras manos, porque, si lo trata con cariño, ese sonajero seguirá alegrando nuestra casa en su cumpleaños número cien.

TENGO PERROS DESDE QUE PUEDO RECORDAR. Cuando nací, la pastor alemán que tenían mis padres acababa de parir a ocho cachorros. Mis primeros días de vida transcurrieron entre el olor a leche de mujer y el olor a leche de perra. Tenía sentido, para mi padre las mujeres y las perras eran lo mismo. Más tarde tuvimos un gran danés, al demente de mi padre le gustaban las razas que imponen por su tamaño y fortaleza. Recuerdo que cuando lo recogimos de la tienda, mi madre lloraba en el asiento del copiloto, aunque lloraba siempre; pero en esa ocasión lloraba porque decía que iba a crecer demasiado, que cómo lo íbamos a cuidar en un apartamento de protección oficial, en un barrio ya de por sí conflictivo, donde por la noche era mejor no salir de casa, y que alimentarle sería caro porque iba a ser grande como un caballo. Yo iba sentada en la parte de atrás con el pequeño cachorro negro azabache en mis brazos, le miraba los ojitos azulados, le acariciaba el pelo corto y muy brillante, ya le quería, me daba igual que se convirtiera en un elefante. Como excepción, también me daba igual que mi madre no dejara de llorar, y que mi padre no dejara de ignorarla.

Con Muley, que así llamamos al perro, ocurrieron algunos incidentes. Me llevaron al hospital tres veces debido a heridas ocasionadas cuando jugaba con él. Eran juegos, solo eso, pero al tratarse de un perro de tal tamaño, cualquier zarpazo me abría una brecha que tardaba mucho en cerrar. Recuerdo que en los tres viajes al hospital mi madre me sujetaba la cara con una toalla que se iba empapando de sangre. Además, mi padre solía llevarnos al descampado de debajo del edificio y le azuzaba para que corriera hacia mí, y Muley corría y corría, en realidad, galopaba, también como un juego, y entonces me embestía y yo salía disparada por los aires. Mi padre se reía como el sádico que era. Todas las mañanas le daba una cucharada de calcio a Muley. Era un bote blanco y grande, y a mí me encantaba su olor. Se lo daba para que creciera aún más, porque por lo visto no le resultaba suficiente el tamaño habitual de una de las razas de perro más grandes del mundo.

Una noche, Muley nos despertó ladrando. Encendimos la luz y vimos que de la lámpara del techo salía humo. Vivíamos en un octavo piso que, mientras dormíamos, se estaba incendiado. Recuerdo a mi padre mojar unas mantas en la bañera y envolvernos a mí y a mi madre para que empezáramos a bajar por las escaleras. En realidad, he dicho que mi padre era mongólico, pero debo añadir que era un mongólico tremendamente inteligente y determinado. Mi madre cogió al perro y yo recuerdo cada peldaño hacia abajo de aquellos ocho pisos espesos de humo. Mi padre se había quedado atrás, iba llamando a todas las puertas para despertar a los vecinos que pudieran seguir dormidos.

¿Recuerdo algún otro gesto bondadoso de mi padre? No. Muley nos salvó del incendio, y también me regaló ese único recuerdo de que mi padre había hecho algo bueno, siquiera algo, por los demás.

Durante el día, Muley era un perro noble, fácil, pacífico, pero por las noches se transformaba con la aparición de cualquiera que no fuera mi madre, mi padre o yo. Una noche, mi madre estaba hablando desde una cabina telefónica y alguien llegó y se puso a esperar a que terminara. Muley salió de la cabina y del tirón que le dio a mi madre arrancó el cable del teléfono, que por un tiempo tuvimos en casa como trofeo, otra de las gracias de mi padre.

El final de la historia de este perro fue el esperado de un loco caprichoso: mi padre regaló a Muley al dueño de una finca casi abandonada, con la excusa de que sería mejor para el perro. Yo no entendía cómo aquella soledad iba a ser mejor para Muley, que estaba tan apegado a nuestra familia. Esa misma noche el señor nos llamó diciendo que Muley se había escapado. Recuerdo la tristeza en mis carnes, es una sensación que puedo recrear yo diría que, al cien por cien, en cualquier momento que piense en ella. Era una de esas noches de tormenta que vertía tanta agua, y de truenos tan agresivos, que se te pasa por la cabeza si más que una tormenta podría tratarse de una catástrofe natural no prevista. Al día siguiente, cuando abrimos la puerta del apartamento, Muley estaba ahí. Había encontrado el camino desde el campo a aquel tugurio de la ciudad donde vivíamos, después de andar muchos kilómetros; y no solo eso, había subido hasta el octavo piso. Mi madre volvió a llorar. Mi padre lo metió en el coche y lo llevó de nuevo a la finca, o eso dijo. Nunca más supimos de él.

A Muley le sucedieron otros perros, y cuando me fui de casa a los catorce años, yo, que ya no sabía vivir sin ellos, empecé a rescatarlos. Nunca más tuve un perro de raza, y ahora tengo el perro más chucho que pueda existir. En el refugio me dijeron que era una mezcla de pastor alemán y chihuahua. Pregunté si había sido resultado de una fecundación *in vitro*, no podía llegar a imaginar la cópula espontánea de esa pareja imposible. Luego recordé los sexos de algún exnovio y pensé que tal vez sí era posible.

Si cuento parte de mi historia con los perros es porque, a pesar de todos los que han formado parte de mi familia de *yo más un perro*, en mi casa tengo la foto enmarcada de la única perra que precisamente no he tenido, una perra que conocí solo durante una media hora. Se llamaba María, y era de Mississippi. Después detallaré nuestra breve historia, pero antes quiero contar uno de los motivos que me llevaron a escribir este relato: su conexión con el hecho de haber conocido a un artista chino llamado Peng Wang.

De su obra, la que empezó a atraer verdaderamente mi atención, fue la serie que hizo antes del año 2015, cuando la política china de natalidad, que imponía tener un solo hijo dio lugar a sanciones, esterilizaciones masivas, abortos obligados, castigos, arrestos, ejecuciones, encarcelamientos. En Wang Village, en la provincia de Jiangxi, al este del país, Peng Wang, que en ese momento trabajaba en proyectos artísticos vinculados con los desechos, encontró a una niña recién nacida en un vertedero. Más tarde, empezó a encontrar una gran cantidad de fetos en otros vertederos de la ciudad.

Esto no era nada excepcional. Los hospitales tiraban a la basura los fetos, abortados casi siempre de manera involuntaria y con el empleo de la fuerza. Otras veces eran los padres y las madres quienes deseaban deshacerse de los hijos, sobre todo si eran niñas, porque esperaban tener un varón como primer y único sucesor; o tal vez ya habían tenido un hijo o una hija previos, y abandonaban a los nuevos recién nacidos en las calles o en los mercados. La vida en esos mercados transcurría como siempre, las compras, los cotilleos, las risas, la descarga incesante de mercancías, los charcos fétidos con restos de pescado podrido, los regateos con los tenderos. Mientras tanto, las recién nacidas, aún con el cordón umbilical, atraían a las moscas ante la asombrada impasibilidad de los compradores, que se admiraban y comentaban cuánto puede llegar a soportar un recién nacido sin ningún tipo de nutrición o cuidados. Esto es así. Esto no es parte de una historia de ficción. La compasión colectiva hacia estas bebés era mínima. Días, a veces eran días lo que llegaban a aguantar con vida, y del esfuerzo desolado por sobrevivir pasaban directamente a ser basura, que terminaba en los vertederos o en los ríos. Una de estas recién nacidas fue la que llamó la atención de Peng Wang, que decidió comenzar a hacer fotos de las bebés sin vida, y a veces se las llevaba a su casa para ofrecerles descanso, para alejarlas de la inmundicia, para no olvidarlas, para recordar esa sonrisa en algunas de ellas que –según él– parecía tener su razón de ser en el alivio que suponía haber logrado con éxito no llegar a vivir en una China que las quería muertas. Peng Wang tenía, además, la idea de preservar así la memoria histórica: sabía que la política del hijo único se revocaría en algún momento, y no quería que nadie olvidara que hubo miles de mujeres que fueron arrastradas como cerdos para sacarles a los bebés del vientre, unos bebés a los que ni siquiera se les daba sepultura. Bebés de los que nunca, nadie, hablaría.

Tengo la foto de la perrita, María, en una de mis estanterías. Era blanca y negra, de pelaje algo duro, como el de ciertos perros de caza, y de tamaño mediano. Tenía siete meses. En el refugio de Manhattan donde la conocí me dijeron que la habían traído de Mississippi, maltratada, como casi todos los perros que llegan a ese refugio. Sin embargo, María se distinguía porque sus heridas eran tan graves que su historia se difundió por las redes, hasta llamar la atención del refugio neoyorkino, cuyos voluntarios recaudaron dinero, cogieron un avión y fueron a buscarla. Podemos decir que además de los golpes y las quemaduras, María había conocido lo que es volar en aquel transporte desconocido para ella, y algunas caricias. Poco más.

Tuve que rellenar un sinfín de papeles para atestiguar que estaba capacitada para ser una buena madre para un perro, con esa tontería gringa tan característica. Y, con todo, tenía que competir con otras adoptantes.

–¿Tienes hijos? *No.* (Pienso: lo preguntan porque creen que sin hijos, los perros disfrutarán de mejores atenciones).

–¿Vives solo? *Sí.*

–Si no vives solo, describe la relación con los perros por parte de los otros ocupantes del domicilio.

–¿Trabajas en casa? *Sí.* (También pienso que creen que esto es mejor, así el perro estará acompañado la mayor parte del tiempo).

–¿Has tenido perros alguna vez? *Siempre he tenido perros.*

–Si los has tenido, ¿cuántos años vivieron? *Murieron ancianos.*

–¿Viajas a menudo? *No.* (Mentira).

–¿Tienes otros perros? *No.*

–Si tienes otros perros, ¿cuál es su carácter?

–¿Tienes gatos? *Sí. Dos.*

–Si tienes gatos, ¿cuál es su carácter? *Se llevan muy bien con los perros.* (Una mentira como un castillo de grande).

–¿Por qué piensas que estás en un buen momento vital para adoptar un perro?

Me fijo en otras adoptantes. Al lado de mí dos mujeres en sus treinta comparten trucos nutricionales para sus mascotas: una solo le da carne orgánica y cruda, la otra insiste en que lo más importante es evitar cualquier tipo de cereal. La primera lleva unos *leggings* deportivos de marca y un top también deportivo. En el suelo, su colchoneta de yoga, enrollada en una funda protectora. Es una de esas mujeres a las que yo llamo del *ejército yogui*, pues cuando paseas por Nueva York ves multitudes de ellas con la colchoneta a la espalda, apuntando hacia el cielo como rifles. Prosigo con el cuestionario infinito:

¿Por qué te interesa este perro en particular? (Mientras sigo respondiendo, pienso en cosas que oigo. La mujer del ejército yogui quiere adoptar un pitbull de tres meses que trajo ayer la policía, y al que le gustaría llamar Ángel. La otra quiere un chucho pequeño de ocho años, diabético y con problemas de corazón. Me resulta obvio que esta última se quiere imponer moralmente, pero con condescendencia. Su bondad me resulta impostada, y esto le impide manifestar que considera a la otra postulante a madre perruna inferior a ella por querer lo que todo el mundo quiere: un cachorro.

¿Dónde dormirá el perro?

Una chica joven abre una puerta y dice un nombre, como en una oficina de inmigración. La mujer que quiere adoptar al perro anciano, diabético y con problemas de corazón, se levanta y desaparece tras la puerta.

¿Dónde vives? Describe tu casa.

¿Vives en un apartamento/casa propia?

Si no, ¿está el casero de acuerdo con que un perro habite en su propiedad?

¿Dispones de patio?

Si sí, ¿el patio está correctamente cercado? (Cuánta tontería, me empiezo a cansar, no lo escribo, claro, de todos modos, no tengo patio).

¿Cuáles son tus actividades diarias, tu horario, tus hobbies? (*Fuck you*, esto tampoco lo digo, escribo lo que sé que quieren leer: mi *hobby* principal es pasear, más que un *hobby* –puntualizo– escribo esa bobada de que es una *forma de vida*, pasear, pasear, pasear. Mis horarios son flexibles. Mis actividades diarias son trabajar (en casa, cuando no paseo), leer, ver algún documental… En definitiva, escribo actividades que hacen que tener un perro me parezca lo más matadoramente aburrido del mundo. La verdad es que en casa se me cae el techo. Escalo, navego, esa es la realidad, y en esa realidad se ajusta a medida la felicidad de María de Mississippi).

Peng Wang, tras descubrir que miles de recién nacidos eran parte de la basura de todo un país, decidió coger *El libro rojo de Mao*, y pintar un feto por cada página, 366 fetos en total, todos distintos, en tamaño, en expresión, 366, para indicar que se trata de un crimen diario, mejor dicho: cotidiano, como barrer, como en *Karate Kid*, ¿cómo era lo que decía el anciano japonés que atrapaba moscas con los palillos?: «Dar cera, pulir cera, tú limpiar todos los coches. No preguntas». Algo así. Limpiar. No preguntas. Extraer bebé. Tirar bebé. No sé por qué he pensado en la película. El señor Miyagi era chino. Chino no ser japonés. Peng Wang, en el estercolero bajo el puente donde encontró a la primera niña, pudo ver que había algo escrito en una etiqueta que colgaba de su pequeño tobillo: «Desecho sanitario». Nos muestra una foto de la bebé: una pierna estirada, la otra encogida, la cabeza acurrucada hacia el pecho, las manos a ambos lados de la cabeza, como si estuviera tapándose los oídos. Muerta sana. Abortada a la fuerza. Pero parece dormida. Aún tiene en la piel restos de la sangre materna. El único pie que se ve resulta casi demasiado grande para tratarse de una recién nacida. Habría sido una niña grande, pero para los médicos solo fue un gran despojo.

Cuando en el refugio para perros por fin me permitieron entrar para ver a María de Mississippi, uno de los trabajadores me acompañó a una gran sala. Ahí pude estar con ella media hora, el tiempo estipulado. Jugamos, le encantaba que le tirara la pelota para volvérmela a traer. Según el trabajador, lo que más le gustaba era el queso. *Bueno, y salir a la calle*, añadió: *De todos los perros que tenemos aquí, esta es la que más expresa su felicidad cuando sabe que vamos a sacarla a la calle. Pero hay un problema*, me advierten:

María muerde, muerde como un juego, no hace realmente daño, nunca ha hecho sangrar a ningún trabajador, pero, al fin y al cabo, muerde o, mejor dicho, marca.

Eso no es un problema, respondo (y para mis adentros pregunto: *¿a esto llama usted un problema?*).

Por fin me conceden a María como hija legítima, debo de haberles causado buena impresión como madre de una perra *que muerde*. Me piden que la recoja al día siguiente mientras el refugio arregla la documentación. Antes de irme, le hago una foto a María. ¿Por qué le hice esa foto?

Al día siguiente fui a recoger a María. Le había comprado un collar con su correa, una camita, bebedero, comedero, algún juguete y comida. *Lo que más le gusta es salir*, pensaba y pensaba en esta frase que me habían dicho, cuando iba en el metro, contenta porque María de Mississippi podría ir a la montaña, al mar, gracias a que yo había mentido en los formularios absurdos que apostaban por las candidatas domésticas y sedentarias o paseantes a paso de caracol, como adscritos a un eslogan farmacéutico subliminal: «Haz de los perros gringos perros obesos como sus amos».

Cuando llegué al refugio, María todavía no estaba lista. Me pidieron que volviera al día siguiente. Así durante tres semanas, durante las cuales cada día llamaba previamente para saber si podía recogerla. No entendía nada. Argumentaban que estaban entrenándola para que dejara de morder, pero que pronto podría llevármela a casa. Yo siempre les respondía lo mismo, que para mí eso no significaba ningún problema, que siempre había convivido con perros muy distintos y que podía hacerme cargo de su entrenamiento, que tampoco tenía que ser demasiado exigente porque la perra no tenía un problema grave en absoluto. No atacaba nunca, solo marcaba con sus dientes de leche porque no sabía controlar el juego. Un día, terminaron por decirme que no llamara más, que ellos me avisarían. Nadie se quiso hacer cargo de contarme la verdad, tal vez esperando que mientras tanto me cansara y me interesara por otro perro y, con suerte, en otro refugio. Decidí presentarme allí. Me recibieron con excesiva amabilidad y me acompañaron a una oficina. Una chica muy joven me lo lanzó sin preámbulos:

—Mira, no sabíamos cómo decírtelo, pero el primer día que estuviste aquí, un niño quiso acariciar a María y ella le quiso morder. Decidimos sacrificarla el mismo día porque los padres amenazaron con denunciar al refugio.

Me quedé sin habla. Sentía como si me hubieran dado un palo en la cabeza. ¿Le quiso morder?, ¿qué significa eso? Ya era mi perra. En cualquier caso, la responsabilidad era mía. Lancé varios insultos, de un manotazo tiré al suelo algunas carpetas que había en la mesa, y me marché dando el mayor portazo que jamás haya dado en mi vida.

Por eso enmarqué la foto de María de Mississippi, no solo para no olvidarla, sino para no olvidar que un refugio no es siempre un refugio. El día que me dijeron que lo que más contentaba a María era salir a la calle, fue el mismo día que María salió por última vez.

Días después leí en las noticias que dos pescadores en una barca habían sacado de un río en China veintiuna bolsas de basura amarillas. Con veintiuna recién nacidas en su interior. De ellas, no existe foto alguna.

El tercer hijo es el horror

Hay una cantidad no minoritaria de hombres a quienes, a cierta edad, les da por formar una banda de música. Mi marido es uno de ellos. Tenemos dos niñas que no duermen, al parecer es algo que les viene del padre, que apenas necesita dormir para poder funcionar durante el día. Una tiene dos años y la otra, cinco. Bueno, duermen algo, claro, pero si sumo todas las horas que permanecen dormidas por la noche sin despertarse en lugar de berrear a todo pulmón, no superan las cuatro horas. Así desde hace cinco años. No hay nada que hacer, me dice el pediatra, mejorará con el tiempo, pero así es por ahora, hay niños que apenas duermen, y cuando son adultos tampoco necesitan muchas horas de sueño. Una vez conocí a otro hombre parecido, un caso más extremo, decía que con tres horas le bastaba, y le envidié, para mí era como vivir casi el doble, tantas cosas que una podría hacer si pudiera vivir durmiendo menos. No pensé en su madre.

Ahora, con lo de la banda, mi marido se levanta a las cuatro de la mañana, para que le dé tiempo a ensayar antes de ir al trabajo. Se mete en la cocina, que es el lugar más alejado de la habitación de las niñas, y recibe la madrugada ante el instrumento que más le ha seducido: la batería. Ojalá esto fuera una broma, pero no lo es. Prometo que no lo es. Ha tenido el detalle, eso sí, de ponerse a insonorizar la cocina. Mi marido, a quien nunca había visto cambiar una bombilla, ha cubierto las paredes con unas láminas de aislamiento acústico. Incluso he aprendido una palabra: material *fonoabsorbente*. Parece que al pobre no le da el sentido común y hoy ha llegado a casa muy contento con tres alfombras, tres, para reforzar la insonorización. Alfombras en la cocina, y a cada cual más fea y peluda. Como lleva algunas semanas ensayando y yo cocino cada día, la grasa se acumula en los paneles e, imagino, que las alfombras, además del sonido, también están absorbiendo diversas materias, líquidas o sólidas. Me crispa los nervios, por decir poco, porque es imposible retirar la grasa por completo del tipo de material de estos paneles *fonoabsorbentes*, y porque todo esto, mientras lo escribo, me hace pensar que mi marido se merece, por lo menos, unos buenos cuernos.

Yo me encargo de las niñas, él trae el dinero a casa y el resto del tiempo hace lo que él llama *ensayar*. Luego, al regresar del trabajo, se ducha y se va para reunirse con los amigos de la banda, que aún no tiene nombre.

—Mejor la batería que una mujer —me dice mi amiga Delphine.

—Cretina —respondo.

Yo siempre he necesitado dormir mis ocho horas. Desde que nació mi primera hija empecé a esperar a que poco a poco se curara de esa falta de necesidad de sueño. Me lo intentaba tomar como una enfermedad pasajera. Pero no, ahora y siempre necesitará dormir muy poco, ese es el esperanzador pronóstico del médico. Lo que sí empezó a mejorar fueron los berrinches nocturnos. Conforme fue creciendo, cuando se despertaba se ponía a jugar en su cuna, solita, no me llamaba, y yo empecé a sentirme un poco culpable por todas las veces que había deseado que se callara, que se callara de cualquier modo. Quien me quiera entender, que me entienda. Pero no, no me debía sentir culpable porque la privación del sueño es un instrumento de tortura, una tortura que puede llevar incluso a tener alucinaciones: mi alucinación recurrente era que mi hija dejaba de llorar, de cualquier manera.

Como las cosas empezaban a mejorar algo, su padre y yo hablamos de la posibilidad de un segundo hijo. No íbamos a tener la mala suerte de que saliera igual; al contrario, lo más probable es que jugaran juntos y yo pudiera tener más tiempo para mis cosas, que ya no recuerdo ni cuáles eran. Nació mi segunda hija. A ver cómo explico esto:

Ni en mis más horribles pesadillas habría pensado que podría ser peor.

No solo dormía aún menos, sino que su llanto era todavía más insoportable, más agudo, más chirriante, y encima, por supuesto, comenzó a despertar a mi primera hija durante el breve tiempo en que dormía. Y el padre seguía madrugando, disciplinado en la fantasía de ser una estrella del *heavy metal*, sin mucha idea de música, y a los cuarenta y cinco años.

Por las noches me buscaba, y no es que yo no quisiera sexo, es que hasta los músculos de mi vagina tenían sueño. Y bueno, tampoco es que este marido, tan ridículo en ese empeño por volver a la adolescencia, me excitara como antes. Le veía dormir, con su cabello avanzando al galope hacia la más desnuda calvicie, y pensaba que, en su arrebato nostálgico, o de crisis de edad, o lo que fuera, bien podría haberle dado por regresar a los quince años mediante un trasplante de pelo en Turquía. No andábamos bien económicamente, y sin embargo, en mi mente, se me hacía tan fácil ir a Turquía… Dejamos de tener sexo y también conversaciones, salvo por asuntos básicos de las niñas y la casa.

Vivimos en New Jersey. Un día me fui a Nueva York para vender mis artesanías (las pocas que ya me daba tiempo a hacer), junto con otras mujeres indigenoamericanas de Dakota, mi lugar de nacimiento. Era una feria semanal y fue la primera vez en cinco años que dormía fuera de casa. En aquella feria conocí a un hombre. Todavía no sé si me gustaba o no, pero me gustaba gustarle. Por primera vez después de mucho tiempo *me sentí visible*, esa expresión que tantas veces antes había escuchado y me parecía medio idiota. Había parido hacía solo tres meses, pero por la barriga parecía que aún estaba embarazada, y tenía que escaparme del mostrador de vez en cuando para ordeñarme el exceso de leche. Me sentía lo menos sexy que una se puede sentir, y sin embargo este hombre me miraba de manera lasciva, y me gustaba, me excitaba, me despertaba los músculos vaginales, amodorrados por mis hijas, y por la batería, y por los paneles grasientos de la cocina y las alfombras de pelo largo.

Mi idea no era ir a Nueva York a menudo, eso lo veía tan lejos como Turquía, pero, para mi sorpresa, mi marido estuvo de acuerdo con que fuera un fin de semana al mes para trabajar en los mercados de artesanías. Mientras tanto, él teletrabajaría en casa y se quedaría con las niñas. Como compatriota que era, el señor que me deseaba me invitó a alojarme en su casa cada vez que estuviera en Nueva York, no sin antes proporcionarme, como quien no quiere la cosa, la información típica de quien desea convencerte de que sus intenciones no van más allá de la hospitalidad: estaba casado y su mujer siempre se encontraba en casa. Bien. Accedí. Era un ahorro importante de dinero.

Todo transcurrió de manera normal durante mis tres primeras estancias. Cenábamos juntos el hombre, su mujer y yo, charlábamos, todo normal, una copa de vino al final de la cena y a dormir. La cuarta vez que fui a Nueva York, la mujer no estaba. Bien. Tomamos la copa de vino solos. Era lo que solíamos hacer de todas formas. Pero en ese momento sentí que los pechos se me llenaban de leche y que de un instante a otro iban a calarme la camisa, así que corrí al baño. Cuando me di cuenta, había leche por todas partes, hasta había salpicado el espejo. Me metí en la ducha. Sentí mucho pudor, le pedí una toalla al hombre. Me la ofreció galantemente. Me cambié toda la ropa. Limpié la leche derramada. Al día siguiente nos despedimos, le di las gracias, volví a New Jersey. Tuve buen sexo con mi marido, después de meses de abstinencia total. *Deberías viajar más a menudo a Nueva York*, me dijo. *Subnormal*. Me dieron ganas de deshacerle el orgasmo.

Más días sin dormir. Él con su trabajo remunerado, su música, sus sueños. Yo simplemente con sueño. Me entró terror de quedarme de nuevo embarazada. Pedimos cita para una vasectomía. Y de nuevo me fui a Nueva York durante un fin de semana.

En aquella ocasión la mujer de mi nuevo amigo tampoco estaba en la casa. Después de cenar, él y yo nos sentamos en el sofá con la copa de vino, como ya era habitual.

–Eres olvidadiza, ¿verdad?

–Sí, un poco, ¿por qué lo dices?

–Porque la última vez que estuviste aquí, te olvidaste algo en el baño.

–¿El qué?

–Tus bragas. Les hice una foto.

–¿Cómo?

–Es broma.

–Ah.

–La verdad es que no les hice una foto, pero sí las olí.

–¿Cómo?

–Es broma.

Sinceramente, me pareció de muy mal gusto, pero en aquellos momentos me resultaba irrelevante que fuera broma o no. No solo me gustaba gustar al único hombre en el mundo que al parecer me veía, aunque fuera un grosero, sino algo mucho más importante: dormir sola en una cama durante toda la noche, sin interrupciones, bien me valía pagarlo con mis bragas. Creo que esos días de descanso nocturno fueron lo único que durante todo ese tiempo me permitió sobrevivir a la tortura de los llantos de mis hijas, y de la batería.

Regresé a New Jersey. A mi marido acababan de hacerle la vasectomía y por lo visto el médico le había dicho que tenía que «vaciarse» no sé cuántas veces. La primera vez lo hice gustosa. *Tienes que ir más a menudo a Nueva York*, volvió a repetirme. *Subnormal*, volví a pensar. Las demás veces le dije que se vaciara él solito. Pero ya me había embarazado, no sé cómo, pues se corrió fuera, y pensaba que ni siquiera estaba cerca de mis días fértiles.

La siguiente vez que fui a Nueva York ya estaba embarazada, lo que significaba un tercer bebé, aunque no lo sabía. El hombre estaba otra vez solo en su casa. Llegué a pensar que las tres primeras veces que había cenado con su supuesta mujer, no era su mujer, sino una actriz alquilada. Me reí. Me daba igual. Quería, quiero a mis hijas, pero no las extrañaba en absoluto, a esas horas estarían berreando a coro. Volví a reír. Y nos acomodamos de nuevo en el sofá:

—¿Puedo hacerte una pregunta? Tengo mucha curiosidad.

No me dio tiempo a responder:

—¿A qué sabe la leche materna?

—Es dulce. Bueno, y salada también.

—¿La puedo probar?

Yo no sé, obviamente mi cabeza no estaba tan descentrada como para no apreciar lo insólito de la petición, pero lo tomé con naturalidad, o tal vez no fue ni siquiera naturalidad, sino que también me apeteció dársela a probar. Me retiré un poco, me volteé, dándole la espalda, me saqué un pecho y vertí algunas gotas en una copa de vino vacía. Se la ofrecí.

—Pensaba que sería más dulce.

Nos fuimos a dormir y, al día siguiente, ya en New Jersey, fue cuando supe que estaba embarazada. No podía ser, moriría si tenía un tercer hijo. Prefería quemarme en el infierno, conozco mis límites y estaba convencida de que no podría, era del todo imposible que pudiera sobrevivir a eso en una ciudad donde además no tenía familia. La teoría de mi amiga Delphine es que fueron las hormonas reactivadas por mis experiencias en Nueva York las que hicieron que, tal vez, ovulara dos veces aquel mes. Puede ser. De todos modos, no era eso lo que necesitaba de Delphine, sino una solución, apoyo, algo de realidad. Pero Delphine era católica practicante. No lo iba a mencionar. Y sin embargo lo hizo. Era católica pero no quería perderme. Sabía que no podría soportarlo. Me acompañó:

—Ecografía rutinaria antes del aborto. Te daremos dos pastillas, tienes que tomarte las dos porque si no podría darse un «aborto incompleto».

La doctora no me dijo nada más. Un «aborto incompleto». Aquel embrión aún sería invisible al ojo humano, ¿qué quería decir con un *aborto incompleto*?, ¿acaso podrían salir solo unas células y otras se quedarían dentro? En ese caso sería simplemente un aborto, pensé. Me daba igual si se me quedaba dentro una partícula.

Aquella noche tuve una pesadilla. Me tomaba la primera pastilla y me arrepentía, así que no fui capaz de tomarme la segunda, y al final paría un hijo deforme.

Al despertar las tiré a la basura. Esperaría un poco más de tiempo, tal vez se produciría un aborto espontáneo. Una de cada tres mujeres tiene abortos espontáneos, eso sí lo sé, por estadísticas podía pasarme a mí. Delphine, a pesar de su ferviente catolicismo, me apoyaba, y sin embargo yo, que no creía ni podía creer en un dios que no me permitía dormir, no pude hacerlo. Tal vez fueran las hormonas, mis hormonas sí son católicas, seguro, o tal vez todo lo contrario, tal vez sean suicidas. Salí a hacer la compra y al regresar mi hija de cinco años no quería subir las escaleras (vivimos en un tercero sin ascensor). Yo cargaba las bolsas, con mi hija pequeña pero bien alimentada cargada en la cadera, y con el embrión que yo había salvado sin saber siquiera por qué. Ese embrión me mataría si llegaba a bebé, estaba convencida. El caso es que, como estaba diciendo, mi hija mayor se negaba a subir las escaleras, se tiró al suelo y empezó a patalear. Me desesperé, así que decidí dejarla en el portal, subir corriendo por las escaleras para entrar en casa, dejar las cosas y volver a recogerla. Sería solo cuestión de segundos. Justo cuando iba a abrir la puerta para salir, me encontré con un vecino. Me preguntó qué ocurría. Él ya lo sabía, me veía sobrepasada a menudo, era evidente que no podía con mi vida. Aun así, le expliqué. Ni siquiera me ofreció ayuda. Me miró como si fuera una madre despreciable y se metió en su casa sin decir nada. Cuando llegó mi marido, salió y le contó que había dejado a mi hija sola en el portal. El batería me recriminó, cómo podía dejar sola a una niña de cinco años. Me justifiqué: no podía hacer otra cosa, y además me había asegurado de que la puerta principal estuviera cerrada, la estaba oyendo todo el tiempo y no fue más que un instante. Luego reaccioné: *Ahí te quedas*. Me fui a casa de Delphine y le conté todo.

—Imbéciles —me dijo—. Bueno, ya sé que es un chiste fácil, pero por lo menos ahora ya sabes lo que es un aborto incompleto.

Moríamos de la risa. Y abrimos la primera botella de vino de la noche.

ÉL SE EMPEÑÓ EN COMPRAR la casa en esa zona de Long Island, al sur de la isla de Nueva York, porque era la más económica. No podíamos permitirnos otra opción, es cierto, pero yo nunca terminé de verlo muy claro. La parte positiva para mí era que la casa me resultaba preciosa, con un gran jardín que la rodeaba, y lo mejor de todo: un pequeño embarcadero propio frente a la puerta. Además, estaba construida con materiales recios, no con esas placas de revestimiento de vinilo o madera contrachapada con que construyen aquí. Era una casa de verdad, y que podía ser nuestra, y no el cuchitril minúsculo y alquilado donde vivíamos en Queens; un apartamento donde, para poder acomodar la cuna del hijo que esperábamos, tuvimos que regalar una bicicleta elíptica. Así era con todo, si queríamos meter en el apartamento cualquier mueble, de un tamaño incluso relativamente pequeño (una silla nueva, por ejemplo), teníamos que deshacernos antes de algún otro artículo. Y el único modo de hacerlo, era regalándolo, porque todo el mundo en el barrio tenía el mismo problema: la falta de espacio. Si aceptaban algo, no lo iban a pagar, porque sabían que en algún momento también ellos tendrían que deshacerse del nuevo objeto. Las calles del barrio estaban repletas de artículos que no eran basura, que no habían llegado a cumplir su ciclo práctico-vital, y de muchos juguetes, juguetes por todas partes, abandonados en las puertas de los edificios, o en las aceras, algunos de ellos estaban nuevos, seguramente eran regalos repetidos de distintos familiares o amigos. También había carritos, sillitas para el coche, andadores, y hasta extractores eléctricos de leche materna sin estrenar. A veces un letrero acompañaba a estos artículos: «Gratis, nuevo» o «*gently used*». Normalmente van a parar a la calle tras un recorrido previo por redes sociales o páginas de asociaciones benéficas, con el mensaje casi invariable de «gratis para la primera persona que lo recoja hoy, no tenemos espacio». Pero si nadie los recoge a tiempo, terminan en la calle.

En esta ciudad no hay sitio para tanta gente, y los apartamentos de dimensiones razonables tienen unos precios desorbitados que pocas personas se pueden permitir. Las viviendas, por tanto, no pueden adaptarse a las mudables necesidades de un bebé que no para de crecer: si necesita una cuna más grande, tienes que deshacerte rápido de la cuna más pequeña; si ya no cabe en la sillita para el coche que compraste con esfuerzo hace solo seis meses, tienes que regalarla antes de comprar otra. Tristemente, la posibilidad de la donación de artículos infantiles, a veces exige unos protocolos tan complicados que, con un trabajo y un bebé, se hace una tarea imposible. El resultado es que pasear por ciertos barrios de Nueva York como este equivale a deambular por un paisaje insólito de cochecitos de bebé o muñecos que esperan al camión de la basura como pinochos desamparados.

También existe otra desmesura: las ratas. El problema de los roedores en cualquiera de los cinco distritos de la ciudad de Nueva York es bien conocido, y se remonta al siglo XVIII. La especie de rata que sorprende cada día a los turistas en las calles de Manhattan –*Rattus norvegicus*– es originaria de China, pero llegó a Norteamérica en barcos de carga noruegos que transportaban cereales. Son animales robustos y pueden llegar a medir hasta 45 cm de largo. Hoy se calcula que hay dos millones de ratas en la ciudad de Nueva York, un cuarenta por ciento más que hace tres años.

En cierto modo, ratas y artículos de bebés en las calles de Manhattan comparten una raíz común. Aquí no existen contenedores de basura como los que vemos en tantas otras ciudades. A partir de las cuatro de la tarde los vecinos cogen sus bolsas y las depositan en la calle. Caminar por Manhattan exige acostumbrarse a ese panorama: las aceras repletas de bolsas amontonadas, que los camiones públicos recogerán muchas horas o días después. La explicación es tan sencilla como miserable: el plan urbanístico del siglo XIX para la ciudad privilegió las zonas de construcción de bienes raíces, para beneficio de propietarios y constructores. Por otra parte, la mayoría de los apartamentos originales se dividieron en dos o más apartamentos diminutos: más personas, más basura, y aún menos espacio habitable para cada familia, con el resultado lógico de que, en la mayor parte de Manhattan, o Brooklyn, o Queens, no hay apenas lugar para pasear de manera relajada, mucho menos para la ubicación de enormes contenedores donde arrojar los residuos. El resultado es el apilamiento de bolsas en las aceras, montañas de desechos que atraen, como una de tantas consecuencias, el regocijo de las ratas.

Ante este problema, el alcalde de la ciudad ha abierto una oferta de trabajo con un suculento sueldo. Desde la publicación de la alcaldía, la descripción de la oferta comienza así:

Si usted tiene el espíritu, la determinación y el instinto asesino necesarios para luchar contra la implacable población de ratas de Nueva York, entonces el trabajo de sus sueños lo espera. Usted puede ayudarnos a acabar con las ratas de esta ciudad como nuestro Zar de las Ratas. El candidato ideal es alguien motivado y sediento de sangre. Solicite el puesto hoy.

El alcalde hace hincapié en este *instinto asesino* como atributo no solo positivo sino imprescindible, para un trabajo con una remuneración que ronda entre los 120 000 y los 170 000 dólares anuales. En una ciudad donde la violencia es una plaga más grave que la de las ratas, sin duda le van a llover las solicitudes.

Considerando los pros y los contras entre vivir de alquiler en la ciudad, o en una casa más aislada, pero de nuestra propiedad y con mucho espacio, y en cierto modo sugestionada por la absoluta convicción de Él sobre las ventajas de mudarnos ahora que íbamos a tener un bebé, acepté. Compramos la casa.

Cuando aún no habíamos comenzado la mudanza, solía ver las fotos de la casa antes de dormir, ya en la cama, mientras sentía con placer los movimientos aún discretos de mi hijo acomodándose dentro de mi cuerpo. Eran algunos minutos diarios de intimidad entre los dos, y yo le hablaba mientras veía las fotos del que sería el primer hogar que verían sus ojos. Es cierto que la casa era bellísima, por fuera y por dentro, como suele decirse de quienes reciben piropos poco elaborados. Por fuera era de madera roja, pero no de un rojo chillón, sino más del tipo *rojo sangre*, ese nombre que las lumbreras del marketing le dieron a ese color de esmalte de uñas que se puso de moda hace unos años, es decir, un color rojo oscuro, que con más propiedad –aunque con etiqueta menos lucrativa– debería llamarse color *rojo sangre seca.*

Al entrar, en la casa se sentía algo muy particular, era muy distinta a otras que habíamos visto, tenía ese atributo sin nombre muy específico que te hace sentir bien en un espacio. Bueno, hay una palabra que se asemeja bastante, pero solo la he oído en mi Andalucía natal: «Duende», la casa tenía duende, que es mucho más que eso que se conoce como «encanto». Además de este bienestar instantáneo que resulta invisible a la vista, los techos eran muy altos, y el salón y la cocina conformaban un solo espacio, diáfano, amplio, pero no en el típico estilo de cocina americana moderna que aparece en los *shows* culinarios, más bien era un tanto rústico, sencillo, pero con la majestuosidad de la madera de los bosques. Tenía tres dormitorios. El más grande era pura luz, con ventanales enormes en todas las paredes, y desde la cama se podía ver, o bien los árboles centenarios del jardín, o bien el mar con nuestro pequeño embarcadero que, soñaba antes de dormir, sería el atraque de mi modesta barquita. Ya podía ver cómo enseñaría a mi hijo a nadar y a pescar. Además, se sentía la brisa del mar, y el sonido tranquilo de su oleaje. En el jardín había una especie de granero, tampoco sé cómo llamarlo porque no se trataba de una granja o una casa agrícola, pero esa era la estética, y como estaba muy bien acondicionado, serviría para meter todo aquello que no utilizábamos con frecuencia o que, simplemente, no estábamos preparados para tirar a la basura. Recordé la bicicleta elíptica, me habría gustado conservarla siquiera durante algo más de tiempo, tal vez me habría sido útil durante el postparto.

También, sobre todo a la hora de dormir, recordaba lo que me había dicho el vecino de una de las pocas casas relativamente cercanas, el día que le preguntamos cómo era la zona:

—No verás más estrellas en ningún lugar. Por las noches me siento aquí afuera y parece que me van a llover encima.

Luego siguió cavando con una enorme pala en la parte frontal de la casa, e interrumpió una vez más su labor para mirarme y añadir:

—Y con esta pala me voy a la playa cuando la marea está baja y la saco llena de almejas.

Eso me encantó. Cuando era niña hacía algo parecido en el mar de mi tierra. Nadaba como doscientos metros, una zona amplia donde no hacía pie, y luego llegaba a un banco de arena, donde el agua me cubría solo hasta las rodillas. Entonces me inclinaba, metía la mano hasta donde podía en la arena, la removía para encontrar las formas de las almejas y distinguirlas entre las piedras o las conchas vacías, y las coquinas llenas, y cuando las agarraba, las metía en una red que llevaba amarrada a la cintura. Podía pasarme así horas. Muchas veces me las comía crudas, allí mismo, las abría con mis pequeñas uñas y sorbía la carne alargada. Había días que pasaba tanto tiempo en el mar, inclinada hacia la arena, que acababa con el culo abrasado por el sol y no me podía sentar en varios días.

Pero al pensar en nuestro nuevo hogar, también me venían ciertas imágenes que intentaba retirar de mi mente, porque al fin y al cabo ya estábamos metidos en la hipoteca.

Por el camino en coche, poco antes de llegar a nuestra casa, que estaba bastante aislada, veíamos que los niños iban descalzos. No digo descalzos en la hierba, sino en las pequeñas tiendas de ultramarinos, en las gasolineras o en la carretera. Y también iban solos. Niños de cinco o siete años correteaban medio desnudos sin ningún adulto que cuidara de ellos. Si hubiera pensado que se trataba de una zona segura, tal vez me habría dado cierta tranquilidad el saber que, lo compartiera o no, los padres podían permitirse la elección de dar esa libertad a sus hijos a una edad impensable en la ciudad. Pero no era el caso. La zona no era segura, había botellas rotas por todos lados, los crímenes eran habituales, de todo tipo, desde robos a tiroteos. Lo bueno, decía Él, es que la casa estaba muy retirada de esa parte, no había de qué preocuparse. Y era cierto, entre esa zona de miseria y violencia, y el área de la casa, había un par de kilómetros en los que no había absolutamente nada: una pampa solitaria sin tránsito alguno, ni de coches ni de personas.

De todos modos, invariablemente, lo último que recordaba antes de cerrar los ojos, eran los juncos amarillos que separaban la casa del mar, aunque sin interferir en las vistas. Eran parecido a ese tipo de carrizo invasor que tiene al final como unas plumas que en las mañanas de verano son amarillas y al atardecer se tornan anaranjadas. Me pareció el paisaje más hogareño del mundo, y aprendí el nombre del junco: *Phragmites australis*, aunque su nombre común en inglés equivale a algo así como *planta de caña*. Se movían con la brisa, de modo que todas estaban siempre inclinadas en la misma dirección. Me fascinaban. Me dormía tranquila, como una pluma en flor, vencida por la luz cálida y dulce como la planta de la vainilla.

Una vez que comenzamos la mudanza, solía descansar en el porche que daba al embarcadero. La tranquilidad era tal vez excesiva para mi carácter, que para sentirse satisfecho debe balancearse entre la soledad de los entornos naturales, y el gentío y la algarabía de la ciudad, el contacto con los vecinos, los rumores de los mercados. Ahora, en cambio, solo tendría una de estas mitades. Estábamos a dos kilómetros de una zona que, de todos modos, no consistía más que en unos pocos vecinos que se reunían para hablar en torno a una gasolinera, o en algunas pequeñas tiendas donde se podía comprar lo básico, pero para llegar al primer supermercado había que conducir veinte kilómetros más, y para llegar a Queens, donde vivíamos antes, ciento veinte kilómetros que, en tiempo y debido al tráfico en la autopista Grand Central Parkway, podían llegar a significar tres horas. Tres horas para poder hablar con gente de la ciudad o ver a mis amigos.

Un día vino Rob, un amigo de Él, para ayudarnos con la mudanza. Paramos a tomar algo en la tienda de ultramarinos por donde entraban y salían los niños descalzos. La tienda se llamaba «Deli Meet the Meat Delicatessen». Ni qué decir tiene que de *delicatessen* no tenía nada. Había poco más que caramelos de todos los colores posibles, embutidos con olor a rancio y cervezas, estas últimas de todos los tipos. Normalmente era un lugar donde pedías algo para llevar, pero tenía un par de mesas y sillas, y nos sentamos. El camarero nos gruñó algo que no entendimos al pedir la comanda, y a Rob le bastaron cinco minutos allí para soltarlo:

–¿Estáis seguros de que queréis vivir aquí?

Yo creo que, en parte para autoconvencerme, le respondí:

–Vas a ver el embarcadero que tenemos, se puede ir en barco a Fire Island, y luego ya solo es mar abierto, puro Atlántico.

Rob me miró y me dijo como en broma:

–Precisamente. Agua. Vas a terminar como Virginia Woolf, llenándote los bolsillos de piedras y tirándote al río, bueno, al mar.

Pero aquella intención de hacer una gracia, validó mis dudas sin que Rob se percatara. Siempre había coincidido en mis opiniones más con Rob que con Él. Rob comprendía mi carácter. Rob dudaba de que la felicidad que buscábamos estuviera ahí para mí. Tal vez sí para Él, incluso para nuestro futuro hijo durante sus primeros años, pero no para mí. Miré afuera, a través de la ventana, y vi a una mujer enorme con el pelo de distintos colores mirándonos desde el interior de un todoterreno, mientras engullía un sándwich como si realmente fuera un *delicatessen*.

Él justificó:

–Bueno, la casa está a dos kilómetros de aquí y apenas vive nadie en aquella zona.

–Peor me lo pones –y Rob se rio con una sonrisa abierta y franca, los dientes blancos contrastando con su piel oscura de segunda generación. Estaba tan lejos de la Calcuta de sus padres como yo sentía que lo estaba del apartamento del que me iba despidiendo y ya echaba de menos.

Las siguientes semanas pasaron sin más incidentes que el cansancio extremo de una mudanza que coincide con un embarazo. Yo vomitaba en cada viaje y teníamos que parar dos o tres veces para que me diera el aire. Las ecografías iban bien, eso es lo que importaba, trataba de imprimirme algo positivo en los sesos, y adjudicaba mi tristeza a las hormonas, intentando convencerme de que una vez que naciera mi hijo, seguramente apreciaría mejor el gran espacio que tendría para jugar y correr. En aquel lugar aprendería a andar sin que sus pasos quedaran reducidos a las cuatro paredes de un apartamento minúsculo ni a los estúpidos parques para niños donde todas las madres parecen tristes y arrepentidas de muchas cosas (¿lo parecen?, o ¿tal vez quería yo en ese momento que lo parecieran?). En cualquier caso, había datos objetivos, por ejemplo, el aire era mucho más puro y saludable para un bebé, no como los bebés de la ciudad, cuyos pulmones crecen junto a un tubo de escape.

Pasaron los días y las semanas en la nueva casa. Me entretuve en preparar la que sería la habitación de nuestro hijo, así que creo que la melancolía se dispersó un poco debido a esa distracción. Y por las tardes, me sentaba con Él para dar el día por concluido mientras mirábamos el atardecer tras esos juncos (en realidad plantas invasoras) que a mí me seguían deslumbrando. Por las noches dormía mucho mejor de lo que solía hacerlo en la ciudad, me despertaba más descansada, el aire natural sustituía al aire acondicionado. También compramos un telescopio. Estábamos entusiasmados con esa idea y esperábamos el momento idóneo en que los dos estuviéramos relajados y con tiempo suficiente para desempacarlo y mirar de cerca las sombras, las luces, las texturas de las estrellas y sus fulgores.

Y entonces, pasó. Dormíamos. No recuerdo quién despertó primero. Por las ventanas abiertas, la oscuridad de la noche parecía cobrar materia mientras un sutil murmullo crecía en intensidad. Algo pasaba, yo lo sabía, y lo sabía no desde ese momento, sino desde antes, desde antes de comprar la casa. Una cacofonía lúgubre empezó a encaracolarse como un parásito en mis oídos.

En segundos, el susurro lejano empezó a transformarse en un enjambre de ruedas chirriantes y ritmos desiguales, como el crujir de ramas secas bajo el peso de una horda invisible. Surgieron voces de niños. *No es posible. No es posible*, pensé. Hasta ese momento ninguno de los dos dijo una palabra, aunque ya estábamos sentados en la cama, con la luz encendida. Las voces infantiles comenzaron a elevarse, una amalgama discordante de risas de violencia, gritos de ataque y amenazas.

Salimos fuera. Arriba, las estrellas, y frente a nosotros el avance rápido de diez o doce niños en bicicleta. Sentí que me hundía en una marea negra que se endurecía como el cemento, me atrapaba, que me tragaba en el vórtice de una pesadilla. Vi las pupilas dilatadas de Él, mirándome fijamente, aún sin decir palabra.

En un instante, el ejército infantil llegó hasta el porche de nuestra casa. Iban armados con las típicas herramientas de construcción que se encuentran en los garajes donde los padres hacen sus chapuzas: martillos, cizallas, sierras, mazas, destornilladores. El silencio que precedió al instante del enfrentamiento parecía prolongarse hasta la eternidad. Esperamos el inevitable asalto de la turba infantil.

Eran catorce niños, los conté con precisión, de entre siete y once o doce años. Calculé todo en cuestión de segundos, como si fuera una de esas inteligencias artificiales diseñadas para proporcionar información inmediata al ejército durante el combate contra el enemigo. Alguien encendió la luz del porche. Me fijé en el niño que parecía ser el cabecilla. Tendría como diez años, exudaba una energía inquietante que contradecía esa edad. Su pelo castaño caía en mechones desordenados sobre su frente, revelando un rostro anguloso y demacrado que carecía de la suavidad propia de la niñez. Tenía el cabello apelmazado y salpicado de hojas y ramitas, como si hubiera salido de la maleza. La piel le brillaba de sudor o de odio, y algunas gotas se acumulaban sobre la espesura de las cejas que coronaban dos ojos enormes, de un gris apagado que era el único rasgo que de algún modo podía enternecer, un gris melancólico, o un gris que antes era azul y finalmente destiñó por los muchos centrifugados a palizas a los que le habrían sometido sus padres o la vida. Vestía una camiseta rota y unos pantalones cortos desgastados, con heridas profundas en las rodillas que revelaban una propensión a las peleas o, cuanto menos, al juego brusco. Sostenía un martillo con un agarre firme y experto, como si fuera una extensión de su brazo. A pesar de su corta estatura, irradiaba una extraña confianza en sí mismo, como si el mundo a su alrededor fuera el único juguete que conocía, que consideraba solo suyo, para su entretenimiento y destrucción.

Todos los niños iban armados con esas herramientas que hacían pensar en los garajes de sus padres, pero solo en los garajes, no en los padres. No había rastro de hogar o cuidados en aquellas miradas, y sus cuerpos parecían haber sido tallados a fuerza de golpes, con las mismas armas que estaban agarrando. Sus apariencias grotescas y perturbadoras desafiaban la noción convencional de la inocencia infantil. Hasta las manos se veían ásperas, trabajadas, con cicatrices, manos de jornaleros a pleno sol o vagabundos.

Entonces, comenzaron a avanzar, de manera lenta, pero con gestos violentos, nos escupían, y así acabaron por acorralarnos en el interior de nuestra nueva casa. Para mí en ese instante solo existía mi barriga. Recordé las ratas de la ciudad, esas que habían llegado a Nueva York en barcos de carga noruegos que transportaban cereales. Sentí calor en el vientre. Embarazada de ocho meses, observaba cómo una pandilla de niños ni siquiera adolescentes estaba destrozando nuestra casa. Me empujaron, caí al suelo. Cuando volví en mí todo estaba en silencio. Al principio no supe si las ventanas estaban rotas o abiertas, pero hacía mucho frío. Yo estaba tendida en la cama y Él me acariciaba, creo que sin darse cuenta; sus dedos subían y bajaban por mi piel como escaleras mecánicas. Estaba pálido y hasta su voz era una ruina. Ni siquiera me acompañó cuando me sentí un poco mejor y pude salir de la habitación. Tampoco me sostuvo cuando, después de encontrarme con el caos absoluto, vi los dos cuerpos. Solo dos. *Los demás se han ido*, me dijo Él con un tono de voz plano. Dos cuerpos de niños. Matamos a dos niños. Niños que en ese momento parecían haber recobrado los rasgos de inocencia de dos niños *de verdad*, lo que quiera que esto signifique. Él cogió en sus brazos a uno, yo al otro. Pesaban muy poco. Parecían huecos. Atravesamos los juncos, llegamos al embarcadero y los arrojamos al mar con sus martillos y herramientas en los bolsillos. En el agua se formaron dos pequeños remolinos. Y luego, nada. Llevamos semanas de nada en esta casa, nada en nuestros platos, ni en nuestros deseos, nada que sentir incluso en mi parto. Nada que admirar con la importancia de algo. Me pregunto si mi niño recién nacido me seguirá pareciendo nada, para siempre.

Esta edición de *Luna Park*,
de Marina Perezagua
se terminó de imprimir
en marzo de 2025